大人の流儀

Best Selection

a genuine way of life by Ijuin Shizuka

いろいろあった人へ

伊集院　静

講談社

いろいろあった人へ

いろいろあった人へ　大人の流儀 Best Selection［目次］
a genuine way of life by Ijuin Shizuka contents

第三章 心

第四章 風

帯写真◉宮澤正明
挿絵◉福山小夜
装丁◉竹内雄二

第一章 月

——世の中の肌触りを覚えるには、
理不尽と出逢うのがいい。
ひとつひとつを乗り越えていけば、
笑い話にさえなる。

あれから三十年が過ぎて

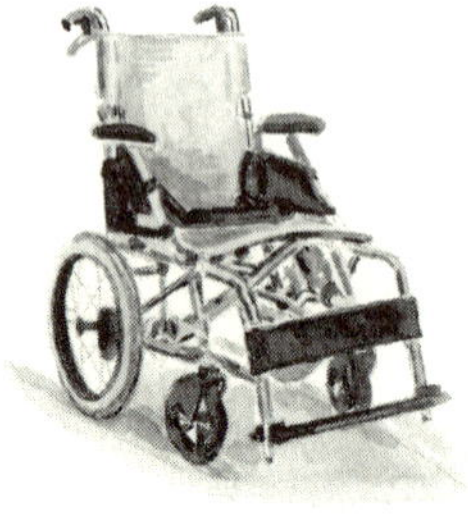

またたく間に三十年が過ぎて、私はあいかわらず、ぐうたら作家で生きている。

三十年前の一年間は雨が多い年だった。

少し切ないナ、と思った午後は、いつも雨が降っていた。

その年の夏、御巣鷹山で日航機が墜落し、多くの犠牲者が出た。その中の一人に、前妻と仲の良かった宝塚出身の娘さんがいた。

私も一度逢ったことがあった。

清楚で美しい娘さんだった。

私はこの時の事故のことを病院の待合室のテレビで知った。

病室からテレビを出していた。

当時のテレビのワイドショーは、芸能ニュースで芸能レポーターが報道の自由と称して好き勝手な報道をしていた。

妻はテレビを観るのが好きだったから、治療の入院とはいえ、過酷な化学療法がない時は時間をもてあました。

今、思い出しても、白血病という病気は奇妙（表現が適切ではなかろうが）な病気だった。治療以外の時間、病室で休んでいる時は、端《はた》で見ていて、健常者と何ひとつかわらない。正常ではない白血球が増えて来るまで何もわからないし、本当に病気なのか、と思ってしまうこともあった。同時に、次の朝、目覚めると、奇跡が起きていて、医師も驚嘆する結果が出て、退院し、外を走り出すのではと思ったりした。

それは逆に表に病魔の気配があらわれない分だけ不気味であった。

今は、三十年前に比べると、血液の病気の治療は格段に良くなっている。

友人の、渡辺謙さんの活躍を見てもらえればわかる。

〝白血病〟イコール〝死〟という言葉は、医師も、当事者も使わないし、生存率は、当時とは比較にならない。

三十年前は違っていた。

テレビを観せて、ワイドショーで、彼女がそういう病いだとレポーターが言い出せば、当人に病気のことは伝えなかったので、知った時の動揺を考えるとテレビを部屋から出すしかなかった。

「この病棟にはテレビは置かない規則なんだよ」

「わかりました」

こちらが言うことはすべて素直に聞いてくれた。

しかし実は、彼女は他の病室にテレビが置いてあるのは知っていただろうと思う。

或る日、彼女が検査でどうしても別のフロアーまで行かねばならない時があり、私は病室に残った。すると隣りの隣り、病室をひとつ隔てた部屋のテレビの音が聞こえて来た。

「そうか、わかっていて従ってくれているのだ……」

と思い、やるせない気持ちになった。

検査を終え、車椅子に乗って病室に戻って来た彼女が、Vサインをして私に笑いかけた時、その明るさに苦笑いをした。

――なんだ、助けられてるのはこっちか。

命日は、誰にも逢わずに、これまで過ごしたが、今年は、東京の母代りのMさんと、Kさんと打ち合わせがてら食事した。

そうしてみると楽であった。

今、全国でいったい何人の人が、家族の病気に付き添っていらっしゃるかは知らぬが、どんな状態でも、明るく過ごすようにすることが一番である。明朗、陽気であることはすべてのものに優る。

自分だけが、自分の身内だけが、なぜこんな目に……、と考えないことである。気を病んでも人生の時間は過ぎる。明るく陽気でも過ぎるなら、どちらがいいかは明白である。

私たちはいつもかつもきちんと生きて行くことはできない。それが人間というものである。悔むようなこともしでかすし、失敗もする。もしかするとそんなダメなことの方が多いのが生きるということかもわからない。

さよならは言わなかった

台風の合い間に仙台に帰った。

二匹の犬と、友だちの一匹の元気な鳴き声に迎えられた。東北一のバカ犬が遠吠えのように声を上げるので、近所の犬もいっせいに吠えはじめる。その声を聞いて、

――ぐうたら作家先生が帰ったんだわ。

と隣り近所が言ってるのかどうかは知らぬが、お兄チャンの犬も何とかこの夏を乗り切りそうだ。

バカ犬はこの原稿を書いている足元でイビキを掻いて寝ている。

「ノボは具合いでも悪いのかね？」

「違うのよ。あなたが今日帰るとわかったら、朝から興奮して騒ぎまくるのよ。それで逢え

たら、途端に疲れが出たんでしょう」

――かわった奴だナ……。

K松崎さんの母上から葡萄が届いていた。

今盆の供物を送ったお礼だろう。甘くて美味しい。ふと娘さんのA子さんのことを思い出す。美しい娘さんであった。

A子さんが亡くなってもう三年になる。

ご家族にとっては、もう三年なのか、まだ三年なのか、時間は人間に容赦を与えぬ故に、驚くほど残酷であり、後年になると、感心するほど寛容で、包容力を持つものだ。

A子さんは、銀座、有楽町にある大型書店の文芸担当だった。

私が書店に行くのは、サイン会か、新刊が発売になりプロモートで顔を出すくらいだ。

或る日、手紙が届き、そこに彼女が私の小説を学生時代に読んだこと、今は書店員になっていること、最後に、自分の働いている書店でサイン会をしてもらえないかとあった。

――新手のサイン会要請か……。

と思わなくもなかったが、文章に誠実が伝わったので、出版社の担当編集者に、次の新刊のサイン会を、彼女の書店でやってもらえればと話した。

数ヵ月後、サイン会は実現し、彼女がこしらえたポスターやポップ（宣伝用グッズ）を目にして、彼女の仕事に対する姿勢に感心した。サイン会は好きではないのだが、その日はどこか清々しい気持ちになれた。

以来、二回に一回はA子さんの店でサイン会をするようになった。

A子さんが長い休みを取っている話を、同じビルで喫茶店をしているFさんから聞き、時々、見舞いにも行っていると言われた。

「治りにくい病気なんですか」

「…………」

Fさんは返答しなかった。その様子で察しがついた。後日、Fさんから手紙を貰い、前妻と同じ病気と知った。たぶん、その時、私は顔を曇らせたと思う。それでも医学の進歩は目を瞠《みは》るものがあり、社会復帰している人を何人も知っていた。

A子さんは生家のある茨城に戻って、そこから通院しはじめた。

良かった、なんとか復帰できるんだ。

しかし数ヵ月後、また入院がはじまった。

Fさんに手紙を託したこともあった。

初夏、Ａ子さんのいた書店でサイン会をした。新しい店員さんは皆元気で、まぶしいほどである。

光に包まれたような娘さんたちの姿を見るとＡ子さんの美しい笑顔がよみがえる。

何度かに一度、私は銀座、有楽町にあるその書店でサイン会をすると決めている。それが供養などとは言わぬが、なんとなく、作家の本を一人でも多くの人に読んで欲しいと思っていた一人の女性の情熱をずっと覚えていたい気がするからだ。

それは彼女の〝生きていた力〟のような気がする。

サヨナラニモ、チカラガアルンダヨ。

私は、これまでの短い半生の中で、多くの人との別離を経験してきた。

彼等、彼女たちは、私にサヨナラとは一言も言わなかった。

それでも歳月は、私に彼等、彼女たちの笑ったり、歌ったりしているまぶしい姿を、ふとした時に見せてくれる。

その姿を見た時、私は思う。

〝さよならも力を与えてくれるものだ〟

葡萄を噛むと、甘いだけではなく、少し酸っぱい味もした。

人の出逢いは、逢えば必ず別離を迎える。それが私たちの〝生〟である。生きていることがどんなに素晴らしいことかを、さよならが教えてくれることがある。

夏が終わった。

別れたあとで

母は立ちどまり、今は流れる水も絶えた疎水の跡を見てかすかに微笑んだ。

「この川にあなたが子供の時に自転車と落ちたのを覚えていますか」

私も疎水跡を見てうなずいた。

「ああ覚えているよ。弟も一緒だった」

子供の頃には水勢もあったせいか、ずいぶんと大きな川に思えたが、今見ると跨《また》いでしまえそうな川幅である。

故郷がある人なら皆体験したことがあるはずだが、大人になって子供の時に見た風景、建物を目にすると、そのちいささに驚くものだ。それだけ子供の目線、視界というものが鋭敏ということにもなる。

「購入したばかりの仕事用の自転車だったんですよ、あの自転車」

「覚えているよ。あれから半年、自転車を磨かされたもの……」

自転車が貴重品の時代だった。

どのくらい貴重かというと、母は父と結婚した折、二人で最初の一年を休みなしで働きお金をためて、何かお互いが家に必要なものを買おうと父に言われたという。

「おまえは何がいいと思う？」

母は洋裁学校を出てすぐに父の下に嫁いだのでちいさな声で言った。

「古いミシンを一台買っていただければそれで内職して家計を助けられるのですが」

「ミシンか……。それもいいが自転車はどうだ。中古の自転車を買えばどこへでもおまえと生まれてくる子供を乗せて出かけられるぞ。いいだろう」

二人の話し合いは父の提案がとおった。それでも中古とはいえ自転車は高価であったから、一年半休みなしで働いて我家《うち》に入った。

戦前の話である。自転車が家にやってきた夕暮れ、若い父と母はどんなに目をかがやかせて、それを見つめていただろうか。

やがて自転車はトラックに、トラックはセダンに、そして父は船を持ち海運をはじめる。

乗り物が大好きな男であった。

「あそこが毛利さま（長州藩）の船倉だったのね。そのむこうのお屋敷が××さんのお宅、こっちは息子さんが早く亡くなられて……」

母は私の数歩前を車を押しながら冬の風の中を歩いて行く。ちいさな背中である。実に五十数年振りに母と散歩した。

「ほらここが〝安保反対！〟の時、警察の機動隊で出て行って怪我をして戻ってきた息子さんのいた電気屋さん。可哀相だったわ」

記憶のたしかさ、あざやかさに驚く。

足の調子が悪い母は生家の周囲を一時間かけて散策し、家の前に着くと岩の上に座って手足を伸ばし、回し、屈伸運動までした。

九十三歳でなお、息子の帰省で車椅子を拒否し、玄関に立って私を迎える元気はどうやら彼女の日々の努力にあるようだ。

生家の前に立ち建物を見上げた。窓は半分が丸窓である。母は窓を指さして笑った。

「ほら父さんの好きな丸い窓……」

父は船が好きで、外国航路の船を持つのが夢だった。夢はかなわなかったが、経営していたダンスホールにも喫茶店にも、そして自宅にも丸窓を備え付けた。


その日、昼寝を終えた母と話をした。

「どんな仕事を今はなさってますか」

母は私の仕事の話を聞くのが好きである。父が生きていた頃は聞けなかった。父は最後まで私が作家をしていることをよく思わなかった。

「男は起業して、人とともに働き、人のためによい仕事をして皆をしあわせにする。おまえの仕事はおまえがよければそれでいい仕事に見える。違うのか」

父は母にも私の仕事について何度も尋ねたという。直接説明もしたが理解しなかった。理解し辛いところに作家の仕事の本質が見えぬでもないし、あやうさがつきまとう。

母はその夕に興味ある話をした。

どうしてそんなことを彼女が急に思い出したのかはわからない。

「子供の時、お父さん（私の祖父）が仕事から家に戻ってみえると、私、桶をかかえて玄関に走って行ったの。するとお父さんが、三和土《たたき》にこうして（母は座って両手足をひろげるような仕草をした）腰をかけられるの。私は潮で濡れた地下足袋のツメを外して、お父さんの足を片方ずつ桶の中に入れて洗ってあげるの。そうしたらお父さんが『ヨウコ（母の名前）にこうしてもらうと天国にいるようじゃ』と大声で言われるの。私はそれが嬉しくて何度も足を洗ったわ……」

初めて聞く話である。

少女の母と、一度も逢ったことのない祖父の姿がおぼろげに冬の灯りの中に浮かんだ。

「あなた大人になられましたね」

「どうして」

「〝人を許す〟と書いてありました」

――いや、そうじゃないんだ。許す人になることも大事かもしれぬと書いたんだが。

「許してもらえたら、その人は本当に嬉しいと思うわ」

「そうなんですか……」

無念を握りしめて生きる

この季節、大きな台風が日本に近づくと、四十数年前の夏がよみがえる。

今年も月初めに生家へ花を送った。

弟の四十五回目の命日である。

その日、母は生家のそばを歩きながら海を見るのだろうか。

四十四年前の七月、弟は一人で海へ出かけた。峠ひとつ越えたちいさな浜である。

台風が近づいていた。

瀬戸内海沿いの港町の、それも波音が聞こえる町で生まれ育った私も、弟も、台風がどれだけ危険かは幼い頃から十分過ぎるほど知っていた。子供の頃、高潮で堤防が決壊《けっかい》し、生家も一階まで浸水したし、台風が来る度に必ず何人かの大人、子供が亡くなった。

「沖縄がもうすぐ暴風圏らしい……」

大人たちの会話を聞けば、子供たちも緊張した。沖縄はいかにも遠く聞こえようが、大人たちは台風が沖縄に上陸することは、すでに西日本全体の気象が異様になりつつあるのだと知っていた。九州から中国地方へは二、三日後にという情報は、最悪の時がその日であるということだった。

その証拠に生家を出て五分歩けば出る入江の堤道から水面を眺めれば、波は普段とまったく違う動きをしていた。重く、ゆっくりと海底から突き上げるうねりである。

――台風だと聞いたら、海へ絶対に近づくんじゃないぞ。一人で出かけたら承知せんぞ。

ガキの頃から耳にタコができるほど言われて来たことを海辺に住む子供は守った。

それは生きる術でもあった。

なのに弟は隣町の浜へ行き、一人でボートを漕ぎ出し沖へ出た。

なぜそんなバカなことを、と弟が死んだ後に何度も考えてみた。

十七歳だった。サッカーの選手で、あとで聞けば二年生ですでに中国五県のベストイレブンに選出されるほどの選手だったらしい。私も高校生くらいから身体が急に大きくなったが、弟も同じだった。すでに上京していた私はその成長振りを見ていない。

体力に自信があったのである。弟は私と違っておとなしく、こころねのやさしいところがあった。静かな者ほどいったん自信を持てば頑固な点がある。

しかし荒れはじめた沖合いに彼が一人でボートを漕ぎ出したのには他に理由があった。当時、二十歳であった私が父と、家業を継ぐことで諍《いさか》いになった。父は激怒し、私を勘当し、弟を医者にさせ病院を経営する考えを弟に告げ、彼も納得した。私は家を出された身なので、それを知らなかった。でも弟にも彼の人生の夢があった。

冒険家になる夢であった。彼はそれをかなえるべく冒険家になる体力を鍛えていたのだ。少しでも時間ができれば筏《いかだ》を作ったり、ボートを漕ぎに行っていたらしい。


弟が行方不明の報せが入ったのは、その日の夕刻で、海の家の主人から弟がボートで沖へ行ったまま戻って来ていない、と報された。

海はすでに荒れはじめていた。父も仕事で町を離れていた。私も夜の飛行機で山口へむかった。

夜半の浜で二十数名の男たちが父を中心に捜索をはじめていた。ボートはすでに空のまま浜へ揚がっていた。両方の岬の岩場を中心に男たちが弟の名前を呼びながら波音の中を探した。海はどんどん荒れて行った。

翌日、翌々日も捜索が続いた。

台風9号に続き、10号が近づき、ふたつの台風が九州、中四国で動かなくなった。

父は呉《くれ》沖で戦艦陸奥《むつ》の引き揚げをしていたサルベージ船を強引に呼んだ。潜水夫が言った。

「台風で川水が海に出て、泥、砂を巻き上げ一メートル先が見えません」

母は弟の名前を呼び、浜を一日中、雨に濡れ歩いていた。父に言われ、私は母を迎えに何度も浜へ出た。八日後、晴れ間が見え、何十人もの弟の同級生たちが手を繋《つな》いで海の中を歩いてくれた。

十一日目の夜明け方、海に浮き上がった弟を見つけたのは母であった。一瞬の浮上だから、船で急いで沖へ行き、私は海へ飛び込み弟を抱いた。すでに息絶えていた。

検死の医者が戸板の上の弟を診ている時、母は大声で言った。

「普段、身体を鍛えている子でございます。先生、どうか生き返らせて下さいませ」

あれから半世紀近くになったのだ。

我が子を陸に揚げた折、無念さに拳を握りしめて深い傷を作った父はすでにない。

今でも母は弟の写真の前で、笑って声をかける。

「元気にしてますか？　マーチャン」

この季節、若者や子供が水難事故に遭ったニュースを耳にすると、彼等の家族の哀しみを思う。周囲のやさしい目といたわりを願ってしまう。

弟の死後、彼の部屋で見つけた日記に、ちいさい頃からいつも助けてくれた兄ちゃんがそうしたいなら、自分は医者になり、その後で冒険へ行く、とあった。無念であった。

私は酔うと後輩に言うらしい。夢を、志を持ちなさいと。その夢にむかって人の何倍もできることをしろと。それができる生涯に一度の時間なのだ、と。日本の若者のせめて半数でも、それを信じて日々生きてくれれば、世界で有数の大人のいる国になるのだが。

台風が来る。悲劇が起こる。そこに必ず家族の哀しみが、その数だけある。黙禱。

かわらない風景

何年か振りに鎌倉を訪ねた。

二十年振りか……。

訪ねなかった理由はあるが、上手く書けない。敢えて言えば〝風景には残酷な面がある〟というようなところか。

知人の息子さんの結婚式に出席するために出かけた。

知人と書いたが、恩人である。

かれこれ三十数年前、東京で生きるのをあきらめて葉山、逗子でうろうろしていた青二才を家族のように可愛いがってくれた。

由比ガ浜通りでちいさな鮨店を営む若い夫婦であった。

銀座で修業し、鎌倉に店を出し、懸命に働く人たちだった。

私は、或る晩秋の夜、偶然、その店の前を通り、腹も空いていたので、表の鮨の値段を見て、これなら何とか持ち金で一人前の鮨と酒が飲めそうだと木戸を開けた。

カウンターに小上がりがあるちいさな店であった。カウンターの隅に座り、並の鮨を一人前と酒一本を注文し黙って食べた。

「お近くですか」

「いや逗子の方です」

寒い夜だった。

寒いのは冬に近い海からの風だけではなく、青二才の胸の内もガランとして何もなかった。何ひとつ満足にできないくせに虚勢ばかりを張り、四六時中人とぶつかっていた。

サラリーマンを失格し、家庭をこわし、借金だらけだった。

「もう一本つけましょうか」

「いや持ち合わせがない」

「次にお見えになった時で結構ですよ」

「いや、やめておこう」

逗子までの電車賃しか残っていなかった。

それでもそんなふうに言ってもらえたことが嬉しかった。

カウンターの中の高所に額に入れた一枚の女性の写真が見えた。それは後になって主人のK倉さんの母堂の写真とわかる。この店が開店しようとする日に店の前で交通事故に遭い亡くなられた。息子を一人前の鮨職人に育て店を持たせることが夢であった女性だ。

途中、子供が元気の良い声で入ってきた。どうやらこの夫婦の子供らしい。

やさしく声をかけてもらったことが嬉しくて一ヵ月後にまた訪ねた。その夜は少し手持ちがあったので酒がゆっくり飲めた。

以来、十年近いつき合いになった。海のものとも山のものともつかぬ青二才に夫婦は家族のように接してくれた。鮨代も酒代も取ろうとしなかった。

主人と二人で旅に出かけることもあった。すべての面倒をみてもらった。

その頃、交際していた前妻もこの夫婦のところへ来るのが唯一の愉しみだった。

所帯を持つ折、仲人まで引き受けてもらった。

「新郎は鮨職人になるのが天職だと思いました。電車の中で仲間といる中学生の子供が一人、私を見つけて挨拶したんです。あとになってその子がK花寿司の息子さんとわかりました。仲間といる中学生が店のお客さんにわざわざ挨拶に来てくれる。その時私は本当に感心した。この子は鮨職人になるべくしてなられたのです」

そんないい挨拶を店で一番古い客である八十八歳の御仁がされた。

私が初めて会った時に小学生だった子供が今は四十一歳という。

美しい花嫁であった。四十歳を越えた鮨職人に美しい娘が嫁いでくれた。まだまだ世の中は捨てたものではない。

鎌倉で私と同じ歳で仲の良かった新郎の剣道の先生のOが乾杯の音頭を取った。

新郎のアパートの大家である八百屋のY辰の主人が昔話を面白可笑しくしていた。あの頃、店でよく見かけた日本画家のN先生の夫人の顔もあった。息子さんが同じ日本画家になっていた。私は隣りの席の八幡宮のK宮司に鎌倉の人の消息を聞いていた。

「そうか亡くなったのはTチャンとOの奥さんの二人か……」

披露宴が終り、K倉さんと奥さんに挨拶し、今は元気な母親になっている娘さんたちに声をかけ、鎌倉を出た。

外はすでに春の闇がひろがっており、海岸通りには波音が届いた。

長く住んでいた逗子の海を車が通った。
さまざまなことが思い出されそうで目を閉じた。
かわらない風景というものは、時に残酷な面を持っている。
春が終る。風が薫り、陽差しが強くなればこの辺りの海岸は夏の風景になる。
黙して京浜工業地帯の灯りを見つめた。
仕事もたっぷり残っていたが銀座の灯が見えると運転手のKさんに言った。
「Kさん、どこかで一杯やろう」
今夜は徹夜になるのだろう。

どうしてこんな切ない時に

今朝、目覚めて蒲団で胡坐をかいていると、家人が襖を少し開けて言った。

「勘三郎さんが亡くなりました」

「えっ」

そのまま蒲団から動けなかった。

――なぜ、あれが死ななきゃならん……。

真夏の暑い日、むせ返るようなゴルフコースのフェアウエーで穿いていた半パンツさえ暑くてかなわないと、半パンツの裾をめくってゴルフをしていた時に、勘九郎（その時はまだこの名前だ）の白いお尻が見えて、

――この人は芝居以外はどうだっていいんだな。いい男だ……。

と思った。

どうしてこんな切ない時に、その人の白い臀部がよみがえったのか、よくわからない。

次に、あの独特の声が耳の奥から聞こえてきた。

「伊集院、ようやく来やがったか」

大阪、松竹座に〝髪結新三〟を見物に行って、京都からの道が少し混んでいて、小屋に入り席に座った途端、勘九郎の声がした。驚くと言うより、周囲の人が私を見て笑った。

やさしい男であった。

〝Dホーテ〟という昔、仁丹ビルの裏手にあった店で夜半よくでくわし、兄さん、兄さんと呼んでくれて、酒場で揉《も》め事があると、いきなり立つ相方《そうほう》の中に知らぬ間に入って、喧嘩を仲裁していた。

「やめなさいって、この人はいい人なんだよ。本当にいい人なんだ。こっちの人もいい人って聞いてるよ」

それで場がやわらかく溶ける。

計算をしない、できない。それが自然と行動に出る。役者でなくとも上質な男だった。

父親（当時の勘三郎）との芸の上での対抗心、逸話を聞いて、羨ましい父子だと思ったことがあった。

あの年代では、性格、人への接し方、志し、才能で、群を抜いていた。

歌舞伎役者の倅《せがれ》だからと言って、皆が皆いい役者の資質を持っているものではない。それは噺家・落語家の倅がまるっきり芸がダメなことが多いのと同じで、世間の倅のイイとダメの割合いと同じで、歌舞伎役者の倅を何人か見たが、こりゃダメだという方が多い。名人の倅が名人になる確率は百分の一もありはしない。

ところが先代の勘三郎と勘九郎は違っていた。あの名人の十七代が倅の芸を誉められると本気で不愉快な顔をしたという。

鳶が鷹は世にいくつもあるが、鷹が鷹をというのはめったにない。

京都に住んでいた時代、祇園、先斗町《ぽんと》でよくでくわした。

——男前、男っ振りの良さというのは、こういう男を言うのだろう。歳を取ったらどれだけの男になるのだろうか、
と思った。

最後にあったのは、演出家の久世光彦の七回忌の席だった。

「ひさしぶりだね。もう身体はいいの」

「はい。この会はね、兄さんの連載エッセイを読んで来たんだよ。有難かったよ。もう大丈夫」

或る事で、私は彼と疎遠になった。

腹が立ったが、勘三郎の襲名、息子の襲名と祝い物を持って行く立場であるはずが、そうできないのが悔まれた。

腹が立っても、この人はそう思わせる純心さがあった。

「何度もお目出度《めでと》うが言いたかったが、今夜逢えて良かった。もう大丈夫なんだね」

「はい、もうこのとおり」

胸を叩いた顔がよみがえり、蒲団の上で舌打ちした。切ないことである。

役者の死は、なぜか、無念という言葉がまとわりつく。どうしてだろうか。

励み、汗しているものがあるからだろうか。それは一般の人も同じ気がするのだが。

春風や話し相手のたばこ入れ
道楽を人のほむるや春の風

蝶花樓馬楽《ちょうかろうばらく》の句である。
三代目馬楽で、大正三年に亡くなった。
ふたつの句は落語家の、普段の暇そうな感じが出ている。

春風やお内からだと傘が来る
夜の雪せめて玉だけとどけたい

年の瀬の落語家はさぞ大変だったろう。

大三十日狸ねいりも心がら
いたづらに鳥影さすや年の暮
金玉の志巳《しみ》をのばして春を待つ

この人を紹介した矢野誠一著『志ん生の右手』（河出書房新社刊）の注釈には「志巳」はもしかして「志把《しわ》」とも読めるので、そうかもしれないとある。

私もそちらの方が面白く思う。
勘三郎は若い内から並大抵の艶気ではなかった。

あの時、あなたは

私の生まれ育った町は瀬戸内海沿いのちいさな港町で、その町の中でも下町に生家はあった。

家のすぐ近くまで入江が流れ込み、家から五分も歩けば思案橋があり、そのむこうに花街があった。華やかで、賑やかな町の顔と、通りを一本違えると、長家のような家が続き、その日暮らしをする人たちも多かった。

港町は人間が入り、出ていく土地だから、定住者でない人々も多勢住んでいた。下町は、陽と陰のふたつの顔をもつ土地でもあった。

ただそこに生まれ育つ子供たちには、陽も陰もなかった。皆が皆、明るく走り回っていた。親が何をしているかなど、子供の世界には無縁なところがあった。

共通しているのは貧乏と情深いところだった。誰の子供であれ、悪戯《わるさ》をすると大人たちは平気で叱り、たまに頭をどやしつけた。それが当たり前であった。

やがて子供たちは小学校へ上がり、皆がワイワイガヤガヤ登校した。

新品の服を着ている子供はいなかった。兄弟の古着や、親戚や近所の子供のものを譲ってもらい着ていた。

古着が当たり前の仲間だし、見てくれより遊ぶことに夢中で、青《あお》っ洟《ぱな》を垂らしながら走っていた。それでも学校へ上がれば、山の手の子供もいて、自分たち下町の子供と言葉遣いから、さまざまなことが違っていた。

他の町内から来た悪ガキもいて、喧嘩になることもしばしばあった。そんな時、同じ下町出身の兄貴分の子が助けてくれた。

T男ちゃんもそんな一人だった。皆はトミちゃんと呼び、遊びから、クズ鉄拾いで高く売れる黄銅のことを教わったりした。

夏、入江の水がうるむと、皆して素っ裸で飛び込み泳いだ。

そんな時も、トミちゃんが教えた。

「おまえら、あそこの岩から飛び降りるんじゃないぞ。すぐに尖った岩があるから」

昔、それを知らずに大怪我をした子供もいた。大人が教えることを兄貴分が教えた。

他所の町の悪ガキが遠征に来て、ちいさな子供の捕ったセミや魚を横獲りすると、トミちゃんはすぐに聞きつけ、相手を追い払ってくれた。

原っぱでの野球もトミちゃんからボールの投げ方、捕り方、そして打撃も教わった。トミちゃんが打つとボールは青空の彼方に吸い込まれるように高く遠くへ飛んだ。

トミちゃんの身体にはたくさんのきっぽ（方言で傷跡のこと）があって、年下の子供たちは、これはどんな喧嘩の傷かの？　と訊いたが、トミちゃんはただ笑って何も応えなかった。そんな時のはにかんだようなトミちゃんを、私は子供ごころにまぶしいと思った。

やがて中学に上がると、トミちゃんは、私たちとは遊ばなくなり、いつも怒ったような顔をして中学校への道を歩いていた。何人もの中学生を相手に喧嘩した話や、野球部の先輩と喧嘩し退部した話を耳にした。

私が中学校へ上がると、トミちゃんは最上級生で笑って迎えてくれた。同級生に、

「おまえ、あの番長を知っとるのか？」

「番長？　そんなんじゃないよ、あの人は」

と応えた。

私がグラウンドで野球をしていると、時折、トミちゃんが遠くで見ていた。

冬の或る日、私は何年か振りでトミちゃんと会い、二人で下校した。

「わしは春になったら大阪《カミ》へ行く。そこで働いとるから大阪に来て何かあったら逢いに来いよ」

その言葉にトミちゃんは中学を出たら働きに行くのがわかった。

その頃、クラスの中の数人（一割近く）が高校へ行かず社会に出ていた。

「うん、逢いに行くよ、トミちゃん」

「ああ待っとるよ。おまえは上の学校へ上がるのか？」

「いや、ボクも働きに出ると思う」

咄嗟に私は嘘をついた。

「そうか、ならおまえも頑張れよ」

それがトミちゃんと交わした最後の言葉だった。やがて私は高校へ進学し、時々、喧嘩もしたし、野球の腕前もそれなりに上がったが、泣き虫だった私が喧嘩相手と何とかやりあえたり、野球で好プレーができると、その夜、寝床でトミちゃんのことを思い出した。

「俺は何とかトミちゃんがやったように、野球も、喧嘩もできるようになったよ」

今でも、時折、トミちゃんのはにかんだような顔と、そこを我慢して踏ん張らんにゃいかんぞ、と励ましてくれた顔がよみがえる。

別離してからもずっと、私はトミちゃんに誉められる若者になりたくて頑張っていた気がする。もしトミちゃんがずっとそばにいたら、私は弱虫のままで、甘えん坊の泣き虫だったかもしれない。

――もうトミちゃんはいないんだ。

そう思った夜があったのだろう。

甘酸っぱいさよならであったが、さよならは残った者に、何か力を与えてくれていた。

トミちゃん、元気にやってますか？

私は黙っていた

もう何度か、さまざまなところで書いたことなのだが、元日の朝の空が、まぶしい青空である印象が強いのは、なぜだろうか。

少年の頃の元旦の空を思い起こしてみても、仰ぎ見た空は青く透きとおっていて、見つめていると青空に吸いこまれそうな気がしたものだ。日の丸の旗の白色と赤色、旗の先の国旗玉の黄金色、門松の竹と松の葉の緑がまぶしかった。

大人になってから、そんなふうに何もかもがまぶしくかがやいていたように思えるのは、正月、元旦があらたな年の出発のせいもあるのではと思っていた。元日とはいえ、冬の一日にすぎない。雪の日、霙《みぞれ》の日、雨の日があってもおかしくないし、そんな厳しい天候の元旦はあったはずである。ところが、私の周囲で（まあ関東以西ではあるが）、元旦の青空のこと

を尋ねると、半分以上の確率で、皆が、

「そうだよな、元旦の空はなぜだか青く澄んでいたよな」

と応える。

気象庁あたりに問えばよいのだろうが、それは確率の話になって、つまらないことが多いに決っている。

私は気象予報士と女子アナウンサーが好きではない。気象予報士は、昨日までただの人だった輩《やから》が、あたかも気象の何もかもがわかったように話す。しかも明日の天候が悪いと説明する時などは、私に取材やゴルフの予定が入っていると、

――こいつが天候を悪くしてるんじゃないのか？

という気持ちになる。

アナウンサーは、女性だけではなく、男もどうも性が合わぬ輩が多い。

この手の話を書くと、まだ元気な田舎の母親から必ず電話があり、叱責される。

「その人にも親があり、祖父母の方がいらっしゃるでしょう」

たしかにそうだと反省はする。

私は二十年近く前に、家内と一緒になることになり、周囲に言われて、結婚の取材会見までした。

私に言わせれば、広い世間で、中年を過ぎた一人の男と女が結婚をするだけの話だから、わざわざ記者会見までですることもなかろうと思った。ところが相手は売れている女優で、所属している芸能プロダクションも、両手を挙げて賛成などするわけがない。大小は別にして金の成る木である。

私は、これは礼をつくし、挨拶に行くのが世間の筋と思って、男前ではあるが、やはり怖い芸能プロの社長に、嫁に貰いたいが、仕事は続けてもらってかまいませんからと、半分頭を下げる姿勢で挨拶へ行った。相手もさすがの人で、笑って、しあわせにしてやって下さい、と応えてくれた。

私も、芸能界の仕事をしていたから、二度も女優を嫁にすることが、男としてどれだけせんないことになるかはわかっていたが、今の家人の両親から、あなたしか娘がダメだと言うんだから、そうしてやってくれと言われた、と記憶している（家人との見解は違うが）。まあそんなことはどうでもよろしい。

そうして一緒になった。新聞、テレビでも私たちの結婚を報じた。見ていていい気持ちがするわけはない。

ところが、或るニュース番組のキャスターが、番組が終ろうとする時、こう言った。

「ええ……、どうでもいいことですが、作家の伊集院静と女優の○○○○さんが結婚をしたそうです」

私はこのシーンを見ていなかった。

田舎で父親がそのテレビを見ていた。

その夜、父親は私に連絡をつけるように姉や妹に命じた。

翌朝、私は父親に連絡した。用件はすでに理解しており、父が受話器のむこうで低い声で言った。

「おまえは昨晩の、ニュース番組を見たか」

「今朝、知りまして……」

「そうか。どうでもいいことはどういうことだ。互いに親もあり親戚もあることは、あのチンピラは知っていて話しているのか」

「………」

私は黙っていた。

「おまえがしかるべきことをやらねば、わしがすぐに上京して、やる」

「いや、私が必ずおやじさんが納得するようにします」

「本当だな？」

「はい」

父はすでに死んでいる。記憶力のいい人だったから、何もしなかった息子に呆《あ》きれて、死んだのだろう。

テレビの報道というのは、人間一人のことなどどうでもいいところがある。

だが私はあのキャスターの一言を忘れたことなど一日もない。生きて出逢えば必ずそれなりの行動をするだろう。大人げない？　大人が何だって言うんだ。こういうことを忘れないで生きる人間でありたいと今も思っている。

正月そうそう、こんな話で……。でもそれが私である。

愚かでいいんだ

ひさしぶりにホテルの部屋の床で寝た。

狭い部屋であるが、その部屋で一番狭い、ベッドと書棚の幅五十センチしかない場所でコートを着たまま、靴も履いたまま、部屋の大きな鍵を握りしめて寝ていた（この作家、そんなに鍵が好きなのか、金庫破りじゃあるまいし）。

飲み過ぎたのである（青汁じゃありませんよ）。一年に何度か、こういう寝方をする。

六十歳をゆうに越えた人間が、二日前、書店でサイン会をし、遠方から来た人に手を握りしめられ、先生、私はどう生きればいいのでしょうか、と目をうるませて質問をされ、そりゃ、ああた、きちんと生きなくちゃ、とのたもうていた作家が、酒を飲み過ぎて、道端の溝より狭い場所で、靴を履いたまま、鍵を握って眠っている。

口の中が何やら怪しい。

どこかで吐いたか……。

起きて、汚物を片付けねば、と起き上がろうとしたが、身体が嵌《は》まって動けない。

何度か起きようとしたが上手く行かない。

——このまま一生こうして生きるのか。

手を伸ばそうとしたがコートが搦《から》んで動かない。ようやく動いて、書棚に手を掛けた。一気に上半身を起こそうとしたら、数冊の本が落ちて来た。

痛い！　頭に一冊固い本が当たった。見ると絵画集である。

ダ・ヴィンチ、この野郎！

どうやったら起き上がれるんだ？

いっそ大声を上げて、助けてくれ〜と叫んだ方がいいのか。叫び続ければ部屋の係の人が、「先生、大丈夫ですか。先生、どうしました？　先生、先生、大丈夫ですか」

「うるさい。大丈夫じゃないから助けを求めてるんだろう」

そうして合鍵で（また鍵か）部屋を開けて、どうしてこんなに狭い所に……、と呆き返った目で見られるくらいなら、死んだ方がましだ。

どうして起きたらいいか、目を閉じて考えた。こんな時も考えようとするから、人間というのはバカな生きものだ。

足が痛い。

——そうだ！　京都へ行こう、じゃなくて、靴を脱ごう。

昨夕、出かける前から、靴がちいさくて痛かったのだ。飲んでる時も、早く帰って靴を脱ごうと思っていたのだ。

東と西の、じゃなくて、右と左の靴を擦り合わせて脱ごうとしたが上手く行かない。

そう言えば近頃、何やっても上手く行かないなあ。……そういう問題ではなくて、起きなくてはイケナイ。

もう一度、書棚に手を掛けた。来るなら来てみろ、ミケランジェロ！

オッ、起き上がれそうだ。頭が持ち上がった。もう少しだ。アッ、ダメだ。逆上がりの練習してるんじゃないんだから。

それでも何度か同じことをくり返したら、起き上がれた。

ヤッター！　生還したぞ（オーバーだから）。

起き上がり、ベッドサイドに腰掛けて、自己嫌悪の時間を過ごす。もう何万回、自己嫌悪の時間とむき合っただろうか。

私という人間は本当に愚かだ。バカだ。

しかし愚かで、バカじゃない人間がどこにいるというのだ。開き直ってどうするんだ。

こんなところを他人に見られなくてよかった。家族に、東北一のバカ犬に見られなくてよかった。

反省をする。反省は下をむくのが相場だ。

足先を見て考える。

——なぜまだ靴を履いてるんだ、私は。

身体の節節《ふしぶし》が痛い。拷問を受けたような感じだ。

——どうしてこんなになるまで飲んだんだ！

この質問。もう何万回して来たんだ。

頭が朦朧《もうろう》としている。何も考えられない。

こういう時にドライバーショットを打てば案外ボールは真っ直ぐ飛ぶかもしれない。

こういう時に講演をすれば、読んだこともない本の内容をすらすら話せるかもしれない。

——そうか、今日は昼から玉川大学で文学の講演をするのだ。

女子大生を見るのは四十五年振りだ（こういう発想がおかしいんだよ、伊集院君）。
どんな一日になるのやら。
とりあえず靴でも脱ぐか。

君が去った後で

庭のクレマチスが咲いた。

十年前に、家人のバラのために少し高い棚をこしらえてもらったので、高みの陽差しに近い場所に咲きはじめたクレマチスの面顔は見ることができない。

それでも花裏を見ると、いかにも嬉しそうに咲き出した花の感情のようなものが伝わって来る。

お兄ちゃんの犬が目を細めて、クレマチスの棚を仰ぎ見ている。その仕種に、まだ若かった頃の、彼の興味津津の目のかがやきが浮かんで来る。

北国の短い夏の木洩れ陽の中でスヤスヤと昼寝をしていた仔犬が、今はあらゆる季節の移り行く風景を、ただじっと見つめている。

そっとうしろから近寄り、そのちいさな身体を抱き上げ、頰ずりをして言いたい。

――おまえが居てくれたお蔭で、私たちはどんなに素晴らしい時間を持つことができたか……。


家人は、お兄ちゃんはこの夏はもう乗り切れないかもしれない、と言う。

それを彼女が明るく言うほど、彼女の胸の奥底にある不安と哀しみを感じる。

犬、猫（ワニでもいいが）ペットと暮らすというものはなかなか厳しいものである。

その第一は、彼等が人間と異なり、生きる生涯時間が速いということである。

お兄ちゃんは最初、この家に来るはずもなかった。なぜなら、我が家の縁の下に猫が仔猫を何匹か産み、その声と、たまたま外へ出た姿を家人が目にして、ミルクを与えはじめたことが、お兄ちゃんが来る原因だった。

家人は愛くるしい仔猫の表情を一目見て、ミルクをやるようになった。それが愉しみだった。ところが或る日、母猫と仔猫の皆が縁の下から消えた。

家人とお手伝いは縁の下まで潜った。

動物のすることだから、こちらにわかるはずがない。家人の落胆振りは目に余った。

誰が何の智恵を与えたか、家人はペットショップに猫を見に行った。

そこで一匹のダイヤモンドのような瞳をした仔犬に出逢う。家人いわく。

――あれは運命だったのよ。

私はその時仕事でヨーロッパにいた。

「あなた素晴らしい仔犬がいたの……」

国際電話で家人の話を聞きながら、内容よりも彼女の口調で昂揚していることが伝わった。私は言った。

「その犬を飼えば、君が何歳の頃に亡くなる年齢だぞ。それが耐えられるのか」

彼女ははっきりと応えた。

「わかっています。私は大丈夫です」

「ともかく帰国するまで待ちなさい」

しかし私が仙台の家に戻ると、我が家は上を下への大騒ぎである。フローリングの床にはすべて可愛い絵柄の新調したバスタオルが敷かれ、そこをキラキラとした瞳をかがやかせた犬が歩くと言うより転がり回っている。

人なつこくて、怖いもの知らずで、そして何より、家人を母のように慕っている。

――コリャ、ダメだ。

今さら犬屋に返せとは言えない。

「ふさわしい名前をつけて下さい」

「…………」

酒とギャンブル以外のことで命令口調で話されたのは初めてだった。

名前は〝亜以須〟。アイスとした。

真理のみに従う、菩薩を守る神の子（天使）である。と取りあえず説明した。

「アイス、アイス、愛すよね。誰からも愛される犬ってことよね」

——まあいいか。

我が家は一変した。元々、人間に従順な犬種らしく、家中のあらゆる場所に犬の休憩所ができた。実際、気立ての良い犬だった。

どこへ出かけるにしても、アイスが中心で、それはそれで楽しいこともいくつもあった。

並の犬じゃないわ、と家人がおっしゃる。

そのアイスが老犬になり、時折、呼吸が切ないほど辛そうになる。

もう半年前から、家人は目覚める度にアイスの鼻のそばに手を伸ばし、息をしているかをたしかめると言う。それでも彼女は明るく振る舞い、大声で言う。

「アイス、頑張るのよ」

私と、東北一のバカ犬のノボは、その一人と一匹のやりとりを見ながら顔を見合わせる。

あんなにちゃんとトイレができた子が粗相《そそう》をすると、申し訳なさそうに物陰に隠れる。家人は言う。

「いいの。もういいのよ」

それでもアイスは物陰から出て来ない。

躾とは生涯のものなのだろう、物陰で私に助けを求める目が、表情が切ない。

「おいで、おまえは十分に生きたんだから」

我が家の特別なことを書いたように思われるが、日本全国のたくさんの家で起こっていることなのだろう。ガンバレ、アイス。

第二章 天

——愉しみなさい。
人生は、アッという間に過ぎてしまうから。
でもあせっちゃダメだ。ゆっくりと急げばいい。

妻と死別した日のこと

「いろいろ事情があるんだろうよ……」

大人はそういう言い方をする。

なぜか？

人間一人が、この世を生き抜いていこうとすると、他人には話せぬ（とても人には言えないという表現でもいいが）事情をかかえるものだ。他人のかかえる事情は、当人以外の人には想像がつかぬものがあると私は考えている。

五十年近く前の晩秋、私と弟は日が暮れそうな時刻まで二人でキャッチボールをしていた。やがてボールが見えにくくなり、それでもキャッチボールを続けたかった私は同じ町内の銭湯のそばの路地に場所を移した。そこは銭湯の高窓から灯りが道に洩《も》れて、明るくなっ

ていた。

二人して路地に行くと、弟が急に立ち止まった。

「どうしたんだ？」

私が訊くと、弟は少しおびえた表情で銭湯の高窓を指さした。

そこに人影がひとつ、蟹のように窓枠に手をかけ、はりついていた。見るとステテコにダボシャツの丸坊主の男が女湯の中を覗き込んでいた。

——痴漢だ。覗き魔だ……。

と思い、男をよく見ると近所でも札つきのゴロで、女湯から洩れる灯りに男の刺青が浮かんでいた。

私も弟も息を呑んだ。なにしろ十歳と六歳の少年である。

私たちは駆け出して家に戻り、台所に飛び込んで母親に告げた。

「大変だ。大変だよ。××湯の高い窓に男がへばりついて女湯を覗いてるよ。ほら△△町の、あのごんたくれだよ」

私は事件の目撃者のように声を上げた。

母は、私と弟の顔をじっと見て言った。

「そう、覗いていたかね。それはよほどせんない事情があって、そうしてるのよ。早く夕飯を食べなさい」

私と弟は口をあんぐりさせて互いの顔を見合わせた。

これが、私が生まれて初めて耳にした、大人の事情であった。

――よほどせんない（切ないでもいい）事情とは何なのだ？

それから二十五年後の秋の夕暮れ。私は病院で前妻を二百日余り看病した後、その日の正午死別していた。家族は号泣し、担当医、看護師たちは沈黙し、若かった私は混乱し、伴侶の死を実感できずにいた。

夕刻、私は彼女の実家に一度戻らなくてはならなくなった。

信濃町の病院の周りにはマスコミがたむろしていた。彼等は私の姿を見つけたが、まだ死も知らないようだった。彼等は私に直接声をかけなかった。それまで何度か私は彼等に声を荒らげていたし、手を上げそうにもなっていた。

私は表通りに出てタクシーを拾おうとした。夕刻で空車がなかなかこなかった。

ようやく四谷方面から空車が来た。

私は大声を上げて車をとめた。

その時、私は自分の少し四谷寄りに母と少年がタクシーを待っていたのに気付いた。

タクシーは身体も声も大きな私の前で停車した。二人と視線が合った。

私も急いでいたが、少年の目を見た時に何とはなしに、二人を手招き、

「どうぞ、気付かなかった。すみません」

と頭を下げた。

二人はタクシーに近づき、母親が頭を下げた。そうして学生服にランドセルの少年が丁寧に帽子を取り私に頭を下げて、

「ありがとうございます」

と目をしばたたかせて言った。

私は救われたような気持ちになった。

今しがた私に礼を言った少年の澄んだ声と瞳にはまぶしい未来があるのだと思った。

あの少年は無事に生きていればすでに大人になっていよう。母親は彼の孫を抱いているかもしれない。

私がこの話を書いたのは、自分が善行をしたことを言いたかったのではない。善行などと

いうものはつまらぬものだ。ましてや当人が敢えてそうしたのなら鼻持ちならないものだ。

あの時、私は何とはなしに母と少年が急いでいたように思ったのだ。そう感じたのだから

まずそうだろう。電車の駅はすぐそばにあったのだから……。父親との待ち合わせか、家に

待つ人に早く報告しなくてはならぬことがあったのか、その事情はわからない。

あの母子も、私が急いでいた事情を知るよしもない。ただ私の気持ちのどこかに、

——もう死んでしまった人の用事だ。今さら急いでも仕方あるまい……。

という感情が働いたのかもしれない。

しかしそれも動転していたから正確な感情は思い出せない。

あの時の立場が逆で、私が少年であったら、やつれた男の事情など一生わからぬまま、いや記憶にとめぬ遭遇でしかないのである。それが世間のすれ違いであり、他人の事情だということを私は後になって学んだ。

人はそれぞれ事情をかかえ、平然と生きている。

若い時期にだけ出会える恩人がいる

三十数年前の初夏。

私はトランクひとつで東京駅の切符売場に立っていた。

東京での暮らしが嫌になり、田舎か、どこかの街に行ってやり直そうと思っていた。

路線図というのを見上げた。

——どこに行こうか……。

見ていた路線図の端に、銚子の文字が見えた。銚子には大学の野球部時代、世話になった先輩が住んでいる。銚子の海か……、と思った時、東京に住んでしばらく海を見ていなかったことを思い出し、

——最後に、海でも見てから、関東を去ろう。

と考えた。

銚子もいいが、と路線図を見ると、横須賀の文字が目に飛び込んだ。

♪港の、ヨーコ、ヨコハマ、ヨコスカ〜♪という歌のフレーズが耳の奥でした。

横須賀までの切符を買った。

横浜、大船、鎌倉と電車が走っていると、逗子、葉山方面は……と車内アナウンスが流れ、サラリーマン時代に葉山のヨットハーバーに行ったことを思い出し降りた。

その日は葉山の御用邸近くの釣宿に泊り、翌日の午後、海岸を逗子の方に歩いた。

——ここらで少しゆっくりするか。

しかし宿がなかった。缶ビールを買い砂浜で飲んでいると背後で声がした。

「昼間のビールは格別でしょう」

振りむくと白髪の老人が立っていた。

二人してぼんやり海を見ていた。

「ここら辺りに宿はありませんかね」

「私の所も宿をやってます」

老人の指さした海岸沿いに木造二階建ての古いホテルがあった。

「宿賃が高そうだ。金があまりなくて」

「金なんか大丈夫。まあ泊ってみなさい」

たったそれだけの会話で、私はそのホテルに七年半という歳月、世話になった。

世話になったと書いたのは、宿賃が長く払えなかったからである。私は無職だった。

「な〜にホテル代なんぞ、出世払いでいいんですよ。あなた一人くらい何とかなります」

老人はホテルの支配人で、昔は外国航路の厨房長だった。今、山下公園の前に停泊している氷川丸にも乗っていた。

海のものとも山のものともわからぬ青二才をI支配人はいつも気にかけてくれて、

「ゆっくりやる方がいい。先は長いんだ」

と夜ウィスキーをご馳走してくれた。

半年、一年と宿賃がたまっても笑っていたし、旅に行くと言うと大きな金庫を開けて、少し持って行きなさいと渡してくれた。

途中から食事代もままならず、ホテルの従業員の賄い食を一緒に食べた。

金がないのに、毎晩、飲んで、ぐでんぐでんになって戻った。或る夜、痴漢と間違えられ、ホテルの玄関口で警官に職務質問を受けた。それを知ってI支配人は烈火のごとく怒り出し、警察に怒鳴り込んだ。

やがて所帯を数年後に持つようになる雅子が遊びに来ると、若いんだ愉しんだ方がいいですよ、と何かと気遣ってくれた。

少しだけ仕事をするようになっても、いつも言われた。

「損、得で仕事を選んじゃ淋しい人生になりますからね。おおらかが一番イイ」

副支配人のY女史、部屋の係のオバさんたち、庭の掃除係の元漁師のF爺さん、ホテルの壁が剝がれ落ちると上から塗っては、イタチごっこだなと笑っていた元復員兵のKさん。夜勤のSさん……、皆が私を家族のように可愛いがってくれた。

或る秋、元漁師のF爺さんがまた海に戻りたくて、私に船を買えとホテルの前の海までその船を持ってこさせたことがあった。

I支配人と私とF爺さんと湾の中を進むオンボロ船を眺めた。支配人が言った。

「ありゃ、もうすぐ沈むな」

I支配人は海が大好きだった。

南洋航路に乗っていた頃の面白い話を、夜の海を眺め、ウィスキーをやりながら聞かせてくれた。

「船で厨房長を三年やれば新米の船長より偉いんです。きちんとしなきゃ、美味《うま》い食事も酒も出してやりません。立ち寄る港々に美しい女性がいましてね……。伊集院さん、愉しみなさい。人生は、アッという間に過ぎてしまいますから。でもあせっちゃダメだ。ゆっくりと急げばいい」

今、思い出しても、見ず知らずの若者にどうしてあそこまでして下さったのか、わからない。

そのホテルで、いつか小説を書くことがあったらとノートに書いた物語とタイトルが、これまでの私の作品の半分以上をしめる。

その時の思い出を綴った一冊の本を出版した。

『なぎさホテル』。

そのホテルの名前である。

忘れることができなくて

こういう仕事をしていると、時折、相談事というか、切羽詰って誰にも話せないようなことを、突然、打ち明けられたり、その類《たぐ》いの手紙をもらうことがある。

そんな手紙に返事を書くわけもいかず、だからと言って、捨ててしまうわけにもいかないものが何通かある。

世の中の、作家に対する誤解というのはたいしたもので、小説家がこの世のあらゆることに精通していたり、男女の厄介事、果ては人の生き死に至るまでわかっていると思い込んでいる人がいる。

人間の苦悩、哀しみはたしかに小説の大切なテーマ、肝心の所にあるが、小説家もまたそういうものに対して、悩んだり、戸惑ったりしていると考える人は少ない気がする。

私は週刊誌で、人生相談というか、悩み相談の欄を持っているが、それは洒落というか、半分冗談でやっていることで、見知らぬ人の相談に何かを答えているとはさらさら思っていない。

私は自分のことを他人に相談したことは一度もない。人の相談事も聞かない。当たり前だ。こちらがどうしたものやらということだらけなのに、他人の相談事に応えられるはずがない。

その手紙の話だが、差し出し人の名前もあり、個人のことなのでそのまま紹介はできないが、何通かの手紙には共通したことがあるので、ここではひとつの例として私がまとめたものを挙げる。

私は最愛の人を亡くし、今、生きる希望が何もなくなり、一日中、その人のことを思って、嘆き悲しんでいる。できることなら、あの人のことを追いかけてあの世に行きたい、死んでしまいたいが、その勇気もなく、そんなことをしてはあの人が悲しむのではないか……。さらに言うと、親の介護があって死ねないとか、子供がいるとか、さまざまであるが、手紙の最後はどうしたらいいのか教えて欲しい、と結ばれている。

こういう手紙を受け取って、これを読み、平静でいられる人はまずいない。

——なぜまた私によこしたんだ……。

と思わぬでもないが、そう思われたのだからしかたないと読むことは読む。

初めの頃は、すぐにでも死んでしまいたい、という文面に少しあわてたが、死ぬという人に限って死ぬ人はまずいない。

さあそれで、私は以下のごとく思うのである。(回答ではありませんよ)

『忘れなさい』


これが本音、結論だが、はい、わかりましたという人はまず一人もいないだろう。

忘れられないのではなく、忘れようにもその人のことが頭の中、身体の中、耳の底にも、目の奥にも、匂いまでが……、消えないのが家族、肉親、近しかった存在というものである。

それ故に忘れなさい、というのは答えにならないのである。そこで、

『時間がクスリになります。それまで踏ん張りなさい』

と応える。そう言っても、

「そうですか、わかりました」

とすぐに言う人もいない。

あなたは私の気持ちがわかってません、と胸の中で大半の人が思っている。


私は前妻を病気で亡くした夜の、内輪の席で彼女の祖父に呼ばれた。

私たちの結婚は皆に賛成されたわけではないが、この祖父だけは心底喜んでくれた。

「何でしょうか」

私が祖父のそばに寄ると、小声で言われた。

「すぐに後添《のちぞ》いを見つけなさい」

「えっ？」

妻は死んだばかりである。まだ隣りの部屋に遺体があった。

「君は若い。人生はこれからだ。あの子のことは忘れてすぐに佳《よ》い人を見つけなさい。わかったね」

「…………」

私は何も答えられなかった。

それから何年も忘れるということができなかった。それは私の身体の中を覗いてみればわかる。今でも消えぬものはあるが、私はそれをいっさい表には出さずに生きてきた。

忘れようとして忘れられるはずがないのが家族、近しい人のことだ。

それでももし私の身近で、あの時の自分と同じ立場の若者がいたら、今の私ははっきり言うだろう。

「君は若い。忘れなさい。新しい生き方をするんだ」

忘れることができないのは承知で、大人は若者に告げなくてはならぬことがあるのだ。

人生別離足る

井伏鱒二《いぶせますじ》は広島、加茂村の人である。

鱒二とは珍しい名前？　ペンネームだ。本名は滿壽二だが、当人が釣りが好きだったので、小説家の名前をこうした。粋なネーミングである。

伊集院静とはずいぶん違う。元々アルバイト先の社長が作ったもので、名刺を渡されて、今日一日だけ、これで、と言われ、「何ですか、漫画みたいな名前、かんべんして」と言うと「そう、漫画から取ったのよ」と涼しい顔で言われた。一日だけだ、と仕事をしたら、千分の一の可能性が的中した。それでも折あらば放り出そうと思っていた名前だ。

前妻が亡くなった時、占いの女性が、この名前を見て「すぐやめなさい。この名前、残りの人生が悲惨なことになります」と言った。

――悲惨な人生？　……面白いじゃないか。どれだけ悲惨か見てやろうじゃないか。

その頃、私はもうヤケクソだった。親には悪かったが、来るなら来てみろ、やれるならやってみろ、こっちが終るなら、そっちもかたちがなくなるまで刻んでやる、と何とも困まった若者だった。この名前で文章の仕事をはじめ、文学賞などを頂くようになり、同じ占いの女性に見せると「これはもう前途洋々素晴らしい未来が待ってます」世の中そんなものなのだろう。

話を井伏に戻して、この作家に『厄除け詩集』という中国の訳詩の本がある。

私はこの本を編集者からプレゼントされた。

「これを持って置くと、厄介を避けることができて〝無事〟で人生を過ごせます」

いったいその頃、私はどういう生活をしていたのだろうか。

その本の中に、晩唐の詩人、于武陵《うぶりょう》の『勧酒』と題された詩がある。酒呑みには腹にしみるような詩だ。

原詩の読み下しは以下だ（君に勧む金屈巵《きんくつし》／満酌辞するを須《もち》ひず／花発《はなひら》きて風雨多し／人生別離足る）。唐の時代の詩人はよく酒を呑んだ。だから皆早く死んでいる。井伏もよく呑む作家で、ウィスキーをグラスになみなみ注いで、将棋盤の脇に置き、クィーだ。やはり作家はクィーだ。井伏はこう訳した。

コノ盃ヲ受ケテクレ
ドウゾナミナミ注ガシテオクレ
花ニ嵐ノタトヘモアルゾ
「サヨナラ」ダケガ人生ダ

見事なものである。酒呑みにとって、呑む理由はどうでもよいのだが、そこに友との惜別が、人生の別離があれば、その酒は文句無しに味わいが出る。酒は二級で十分。酒の味の良し悪しは、呑み手の心情にある。何が大吟醸だ。わかったようなことを言いやがって、コノオタンコナス。

詩の中に〝花に嵐のたとえ〟とある。
花に嵐は、例えではない。嵐でなくとも、花に風、雨はつきものなのだ。
若い人、子供は、人生の中の開花期で、一番まぶしい時だ。彼等に哀切な出来事が起こるのは、世間では、悲しいかな、必ずあることなのである。とり残された方はたまらない。私もその中の一人だった。

〝「サヨナラ」だけが人生だ〟と井伏は訳した。さらりと書いているが、残酷な一文である。それでもまぎれもない実人生の言葉なのである。生き別れは、便りがなければ、ずっと元気な姿を想像し、やっていける。そうでないのは、時間のクスリで待つしかない。

生き別れとて、楽なわけではない。

Tから連絡があり、彼の田舎の父が亡くなり、母親も塩梅《あんばい》が良くなく、傾きかけた家業を継いで、生きることにしたと言う。一流半とは言え、商社の部長に出世していた。

Tと私は育った環境が似ており、その上若くして伴侶を亡くしていた。それがTと長くつき合った理由ではない。Tは私の人生の見本だった。苦節、苦境も平然と受け入れた。

その日の夕暮れ、銀座の鮨屋で待ち合わせた。その店は私たちがいつかカウンターで食べるぞ、と通った店で、前の主人は亡くなったが、働き、稼ぎ、遊んで来た男二人の甲斐性の店のようなところがあった。

「人生岐路多しだな……」Tが李白の一部を口にした。私はこうしてここで呑めたんだから、それでいいと思うことにしていた。

私たちは小雨の銀座の路地で笑って別れた。

そういう人生だったのだ

あの日から五年になる。

今でも、時折、あの日の夜の星空を思い出すことがある。

二〇一一年三月十一日の夜半、午後の激震がおさまってからも、震度5、6と思える余震が何度も続いた。

そのたびに、私たち家族は庭に出た。家屋が崩壊するかもしれないと思えたからだ。

余震がおさまるまで闇に浮かぶ我が家を見ているしかなかった。

――崩れたら避難所まで歩くか。

私と家人に抱かれた、それぞれの犬が腕の中で震えている。震えながらもノボは吠える。

しかし何にむかって吠えているのか、犬も戸惑っていた。

先刻、情報を知る唯一の手がかりの手動式のラジオから、ヘリコプターから見た海岸の様子が伝えられて来た。

〝海岸には家屋がほぼ消えています。夥《おびただ》しい数の人の影と思われるものが横たわっています〟

何が起きているのか、把握することが難しかった。

大きな地震と、その直後から予期しなかった大きな津波が襲ったことはわかるが、電気が停まり、テレビも勿論映らないから、想像で判断するしかなかった。

ようやく余震がおさまった。

奇妙な音に気付き、空を見上げた。

息を飲んだ。

満天の星である。周囲がすべて闇であることもあっただろうが、美し過ぎるほどの星が地上をおおっているように思えた。

流れ星が横切った。ひとつ、またひとつ。

天上へむかうように映る星もあった。

——天にむかって行くのか……。

想像のつかない犠牲者の何かが天にむかっているのではと思った。

地上で起きている酷《むご》い災害に、これほど美しい自然の姿が、それも平然と頭上にあることがおそろしく思えた。

家人も空を見上げていた。

あの夜、流れ星を見たと言う人が多かったことは、あとでわかった。さらに詳しく言えば、仙台市天文台の記録でも、あの夜の流星は異常に多かったのである（毎年三月頃、仙台市天文台が、あの夜の星空を再現し上映をしている）。

天文台の関係者は斯《か》く言う。〝震災当日の極限状態でも多くの人が星空を見上げ、希望や悲しみを感じ取っていた。そうさせる力が星の光にはあると伝えたい〟

あの夜、どうやって希望を見いだせたのだろうか。

二月の下旬に、被災地を家族と見て回った。それが必要だと思ったからだ。

南三陸町では、鉄の骨組みだけが残る防災センターを見た。最後まで避難放送を続け、若い生命を落とした女性のことを思う。

ちいさな祭壇に手を合わせた。

北上川沿いの大川小学校には、校舎がそのままに残り、慰霊碑と天使の像があった。碑に刻まれた犠牲者の数の多さと、祖父母、両親、子供、孫の名前と没年齢に言葉がない。先生と生徒を思っていると、北上川のせせらぎを乗せた風音が耳に届く。祈るしかすべがない。

日和山公園から石巻の海岸を見た。

太平洋へ続く海が春の陽光にかがやき、まばゆいほどの青色がひろがっている。一ヵ月後に我が家で見たテレビの映像がよみがえり、ほとんどの家屋、工場が失せた海岸の土地に少しずつ新しい家屋、工場が建っているのがわかる。それでも少し右手の南浜町に目をやると、カサ上げをしている平らな土地が続くだけで、人も、家もない。ここに人の声が、笑いが聞こえるのは何年先なのだろうか。

夜、家に戻って、昼間見た光景を地図をひろげて思い出してみた。

南三陸町の仮設商店街で働く女性の顔。慰霊碑の前で手を合わせていた家族の姿。鉄骨だけの建物……。瓦礫は消えている。陸に揚がった船もない。台形の土地がいくつも並んでいた。あそこに人が本当に住んで、街は再び動き出すのか。

何人かの知人に悔みの言葉を言わねばならない。どうか笑って欲しいと思うが、胸の底に残る記憶はそんなに簡単に、五年くらいで整理がつくものではない。

庭に出た。星空が黙ってそこにひろがる。

弟の時も、前妻の時も、私は星空を何度も見上げて、生還させて欲しいと祈った。今はやすらかかと尋ねる。天命とたやすくは言わぬが、短い一生にも四季はあったと信じているし、笑ったり、喜んでいた表情だけを思い出す。敢えてそうして来た。それが二人の生への尊厳だと思うからだ。

そういう生だったのだ。

そう自分に言い聞かせて、今日まで来ている。

どこでどうしているだろう

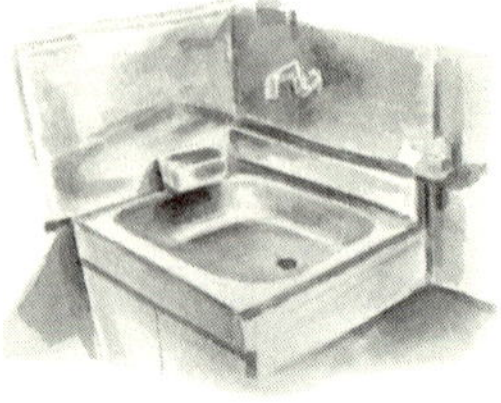

写真家の加納典明さんの写真展が麻布であるというので、夕刻出かけた。

住宅街にあるちいさなギャラリーで開催されていたが、場所が、三十年近く前に、私が住んでいたアパートの側だったので、懐かしかった。

「この辺り、ずいぶんと変わったナ」

加納さんは元気だった。

膝の手術をなさるらしい。

「もう一回きちんと動き回りたいからな」

「そりゃいいですね。上手く行きますよ。手術が終わったら、リハビリのゴルフくらいはつき合います」

「おう、頼むよ」

典明さんとはいっとき、競輪場のある街や小樽、博多と風情のある港町を旅した。

その頃の典明さんは、元気で獣みたい（失礼、男の誉め言葉です）だった。撮影中にもたつく助手（たしか息子さんだった）に鉄拳が飛んでいた。

みるみる若者の顔が膨れ上がるのを見て、

——この若者は、これで少々のことで弱音を吐かなくなるだろうし、第一くたばったりしないだろう。

と思った。

あとで酒場で息子さんに、

「大丈夫？」

と訊くと、笑って言った。

「なんてことないっす、これくらい」

——これくらいか、イイナー。

この頃の若者がヤワなのは、彼等が風の中に立とうとしないし、世間から辛い風が失せたからだろう。

たしか二人の旅で典明さんの父上とご一緒したことがあった。若い時は図案家（デザイナーのハシリですナ）で、バリバリの思想家で、政府に逆って官憲にもつかまった人だ。

その父上が、なぜか競輪好きで、父上と私が競輪場を訪ね、その写真を典明さんが撮影した。

父と息子は長く和解ができなくて、私との仕事の縁で再会、話もされた。

年老いても眼光失せぬ、戦前の革命家はなかなかの男前だった。

「伊集院、おまえのお蔭で親孝行ができたよ。ありがとうよ」

再会の二ヵ月後に父上が他界された。

親子の縁とはそういうものかもしれない。

麻布のギャラリーを出て車を待つ間、周辺を歩いた。

住んでいたアパートはすでになく、場所もわからない。大きなクスの木があったが……。

この頃は木も平気で切る。

モルタル二階建ての二階の部屋は、六畳一間と二畳の炊事場にガスの風呂。

暖房も、勿論、冷房もなかった。電話もない。

夏はあまりに暑くて、窓を開けっ放しでいたら、部屋の中があまりに汚れていたので、ゴミ溜めと間違えたのか、外からカラスが飛び込んで来た。いや、私も入って来たカラスも驚いたこと。二人で叫んでいた。

「手前、なぜ入って来やがった」

「なぜ人間のおまえがここにいる。カァー」

冬は寒くて、銀座のネエさんが三人部屋に入って来て、誰一人コートを脱がなかった。

井上陽水さんが訪ねて来て言った。

「これって君、冗談で住んでるの？」

二日酔ばかりしていた頃で、目覚めるとまず炊事場まで這って行き、水を蛇口から喉に流し込み、よたよたしながら下の公衆電話まで行き、蕎麦屋に卵とじソバとカレーライスを注文した。風呂のガスを点《つ》け、湯に入る準備をし、炊事場と風呂場の間に倒れ込んでいると、蕎麦屋の若造が、お待ちです、長寿庵っす、と立っていた。足元を見て言った。

「おい、おまえが今、立ってる所は部屋の中だから」

「あっ、すいません」

「すみませんで済むか。長生きさせんぞ、長寿庵、この野郎」

て来た。

　一度、アパートの中の何軒かに泥棒が入って、近くの派出所の警官が二名、各部屋を訪ねて来た。

　二人の警官はドア越しに部屋の中を見て、

「あの、このアパートの一階、二階に泥棒が入りまして、こちらは……大丈夫ですね。失礼しました」

「コラ、待て！　今、被害を探すから、コラッ、待たんか」

　部屋の壁が薄くて、隣りの声が鮮明に届いた。右隣りがゼン息持ちのセールスマンで、夜半、戻って来て、ゼン息が出ると、本当に辛そうで、ようやくおさまって相手がタメ息をつくと、こちらも、よかったとタメ息をついた。左隣りが黒色人種のオカマで、バスケット選手くらい背が高く、静かな女性？だった。一度、挨拶すると目をしばたたかせてうつむかれたので、なるたけ顔を合わせないようにした。

——ラッキー（彼女の名前）は今頃どこでどうしてるのだろうか。

結婚式の怖い話

　結婚式での長いスピーチが一番いけないというのは最近言われていることではない。舟橋聖一という作家がいて、昭和20年代の後半は日本一の流行作家だった。この人の短篇に『華燭』（華燭の典なんて結婚式のことを言う）と題された作品があって、一人の男が結婚式でスピーチをはじめる。話が段々長くなり、三十分経ってもまだ話している。一時間経っても終らない。二時間、三時間、式場がパニックになっていく……。発表当時、話題になり、怖い短篇と評された。結婚式の長いスピーチはホラーになってしまうのだ。

　亡くなった作家の久世光彦氏と或る芸能人の結婚式に出たことがあった。仲人を置かず立会人がついていた。この立会人が口にチャックがいるほどの有名な話好きの女史だった。スポットライトの当たる中で立会人は新郎新婦の紹介、馴初《なれそ》め、プロポーズに至るまでの話を延々としはじめた。すでに二十分余り時間が過ぎていた。まだ乾杯もしていない。隣りで久世さんが何度か足を組み直していた。

三十分経過したところで、私はあの短篇を思い出した。すると久世さんが通る声で「長いな」と言われた。私たちの席は新郎新婦のすぐ前のテーブルだった。それでもかまうことなく女史は話していた。列席者が女史を凝視していた。その時、ピンスポットの中の女史の顔のそばを白い煙りがゆっくりと流れて行った。煙りの出処を皆が見た。女史が長くなりますのでここらで終りますと言い、照明が明るくなった。久世さんが美味しそうに煙草をくゆらせていた。あとにもさきにもあんな恰好のいい煙草の吸い方は見たことがない。

私は一度だけ仲人をしたことがある。

騎手の武豊君の結婚式だ。当時、人気絶頂の彼があらたまった顔で挨拶に来た。

「ぜひ僕たちの結婚の仲人をして欲しいのですが……」

「そりゃだめだ。もっと適任者がいるだろう。第一、君の仲人をやれば私は馬券が買えなくなる。私が君の騎乗する馬で勝負して（当時、私はバカみたいに馬券を買っていた）、それを見た人が武騎手の仲人だから君が何か情報を入れたのだろうと疑われる。せっかくの君の貴公子たる評判に傷がつく。仲人をすると私は競馬をやめなくてはいけなくなる」

私が言うとスター騎手がニヤリとした。

「いいじゃないですか。この際、馬券を買うのをおやめになって観戦だけにして下さい。ずいぶん楽になりますよ」

武騎手と家人に説得され、引き受ける破目になった。結納、両家の引き合わせ。式の段取り、いやはや疲れた。固い式は抜きにして、仲人が簡単に挨拶し、当人同士に最初にスピーチをしてもらった（何しろ競馬関係者の人間は品がないのが多くてパーティーの席が騒《ざわ》つく）。私が話し、武君が壇上で素晴らしい挨拶をした。隣りで聞いていた家人曰《いわ》く。

「あなたより数段上手い挨拶ですね」

「いや私もそう思うよ（チキショウ）」

仲人、または立会人を依頼されたら、よほどの借りがない限り断りなさい。彼等の結婚記念日がくる度に、どうしているだろうかと心配しなくてはならない。こっちの夫婦のことが心配だと言うのに、大変である。

武君はその日、千人の式の後に身内だけの披露宴をした。招かれた若手の騎手がスピーチで言った。「このところ先輩騎手から結婚式の招待状が届く度に、ああ貧乏になると困ってます」皆笑っていたが当人は真剣だった。その折、車代の話になったら、そばにいた落語家の御大が言った。

「馬で帰りなはれ」

車代は出す方も、受けとる方も野暮である。

この仲人を機会に私は馬券を買うことがほとんどなくなった。どうなったかって？　たしかに週明けが楽になった。それを聞きつけた武君が逢いに来て言った。

「楽になったそうですね」

「それがどうした」

目を覚ましたら仕事をする

少し前の話になるが、横浜の港の見える丘公園の中にある神奈川近代文学館に行った。〝生誕90年　黒岩重吾展〟が開催されており、それを見に出かけたのだが、当日、黒岩さんについて何か話して欲しいと文学館の方から依頼され、講演をした（実際は講演というほどのものではなかったのだが）。大勢の人が見えていて、話し辛かったが、生前の黒岩さんから教わったことを思い出すまま話をした。

怖い作家として有名だったが、私にはなぜかやさしく接して下さった。対談も何度かしていただいた。私はまだ若かった。

「黒岩さん。作家は正月はどう過ごしたらいいのでしょうか」

「バカモノ、作家に盆も正月もあるか。元旦だろうが、目を覚ましたら仕事をする。それが作家だ」

「は、はい」（やさしくないか）

或る年の暮れ、九州・小倉で競輪ですってんてんになり、大阪までの電車賃しかなかった。仲間にバンザイとは言えない。

意を決して、電車の中から、西宮の苦楽園にある黒岩さんのご自宅に電話を入れた。

「すみません。伊集院静ですが、先生は今執筆中でしょうか」

奥さまが電話に出られた。

「あら、おひさしぶりですね。お元気にしててらっしゃいますか」

「は、はい。先生は執筆中ですね。失礼しました……」

「今、丁度一段落ついたはずです。少し待って下さいね」

——やはりまずかったかナ。

「どうしたのかね？」

事情を話した。するとすぐに言われた。

「食事はしたのかね」

「いや、それが、その」

「堂島の△△へまず行き腹をこしらえて、その後で北新地の××というクラブにいなさい。その時刻には行きます」

「すみません、飯代が……」

「わかっとる。黙って行けばいいんだ」

「は、はい」

クラブの隅の席で待っていると黒岩さんが入って来た。怒鳴られると思っていたらニコニコして言われた。

「どうしようもない奴《やつ》ちゃな。負けて帰ってくるとは」

一晩ご馳走になり、電車賃の入った封筒まで渡された。

黒岩さんが上京されると銀座のクラブに挨拶に出かけた。美人のホステスが隣りにいると機嫌はいいのだが、いつもこう言われた。

「君、きちんと書いてるんだろうね。今の年齢で死に物狂いで書かんとダメだぞ」

「は、はい」

お蔭でナマけずに済んだのかもしれない。

若い方には黒岩重吾なる作家がどんな作家であるのか知らぬ人もあろうから紹介する。

黒岩重吾は一九二四年大阪で生まれ、同志社大学在学中に学徒出陣し、満州で終戦を迎えた。命がけの敗走の末、帰国。戦後、株の方で財をなしていたが、或る時に株で大失敗をし莫大な借金をかかえ、その上全身麻痺の難病を患う。労働者の街、釜ヶ崎で貧困生活を送り、そこでさまざまな経験をし、持てる力をふりしぼり、作家になるべく投稿を重ね、一九六一年『背徳のメス』で直木賞を受賞する。以後、現代社会の暗部を鋭くとらえた作品を次から次に発表し、人気作家となる。さらに一九七〇年代になると古代を舞台とした歴史小説に踏み込み、これが大人気となり多くの読者を得た。二〇〇三年に亡くなるまで旺盛な執筆を続けた。

簡単に書けば以上だが、何が凄かったかと言うと、その執筆の量と質の高さである。その上、五十歳を過ぎて古代の歴史文学に挑戦し成功したことだ。この年齢で新境地に挑み新しい世界を築く例はほとんどなかった。

黒岩さんが若い時に過ごした土地が古代史の舞台であったのも運命だったのかもしれないが、私はやはり作家としての気力と責任感がこれを成し遂げさせたのだろうと思う。

古代歴史物は勿論のこと現代小説は今読んでも少しも色褪せない。ぜひ一読されたい。

講演が終った後、上京された秀子夫人、お嬢さん、お孫さんに、かつて黒岩さんの編集担当だった老人（失礼）たちと横浜、中華街で食事をした。夫人もお元気で安堵した。

「その節はいろいろお世話になりまして」

「いいえ、さぞ迷惑をおかけしたと……」

「いいえまったくそれはありません。今どうにか作家面して生きていられるのはすべて先生のお蔭です」

「そんなことはありません。主人はあなたの話をすると嬉しそうでした」

「…………」

私はただうなずき、老酒《ラオチュー》をあおった。

切ない時間がすぎて

楽しくも、切なくもあった時間だった。

仙台へ帰っていた或る午後、家人は用事があって外出し、私と親しい東北一のバカ犬も病院へ検診に出かけた。

珍しく、私と、家内の犬の二人、ではなく二生物になった。彼はリビングに手持ち無沙汰に居た。私は仕事が徹夜になり、仮眠を少し取って起き出していた。

「よう、元気にしてるのか。どうだ体調の方は、いいのか」

私は犬にむかっても、普通に人に接触するように応対する。相手が理解できていまいがかまわない。少年の時から生き物にはそうして来た。

犬の方は、私の顔をじっと見たままだ。この頃、そんなふうな表情をしはじめた。数年前

までは、私はまったく無視されていた。それはそれで私は何とも思わない。相手は犬なのだから。

なぜ私を無視したか。それはこの仙台の家で一番偉いのが家人で、二番目が自分と思っているからである。私と、バカ犬は犬外というか、圏外で、どうでもいい存在だった。

名前は亜以須《あいす》という。十五歳である。家人は猫を買いに行き、仔犬の彼女と出逢った。〝運命の出逢い〟と彼女は呼ぶ（よくある話ですナ）。家の中は一変した。好奇心の旺盛な犬種だから見ていて三、四歳の子供のように面白い。

「いつから外で飼うんだ？」

「あなたは、この雪の中、外で寝ますか？」

家人は持って生まれた性格が神経質で、些細なことで沈みがちなところがあったが、一匹の赤児の襲来で、見る見る丈夫になった。運動神経の良い犬で、夕刻のゴルフ場で散策をするとバンカーの中を跳ね回っていた。お蔭で私はバンカー均《なら》しが上達した。

犬に親友、ラルクができ、その飼い主の一家とも親しくなれた。天使のごとく幸運を連れて来た。

犬のために庭のデッキに階段を付け、鋭角なテーブルの角に丸味をつけた。その階段もピョンと二段飛びで駆け上がる。

私が居間で本を読んでいると、背後で音がした。見ると庭に続くドアを手でこすっている。トイレに行きたい、という合図だ。私は立ち上がってドアを開け、犬が小用を済ませるのを待った。犬が戻って来た。そこで思わぬシーンを見た。低い階段を登り切れないのだ。体重を前にかけ、二、三度挑むが、ダメだ。そう言えば家人が、大声で、ガンバレと言っていたのを思い出し、私も大声で（すでに耳が遠い）同じことを言った。犬はその声に押されたのか、一段目を登った。次の二段目で疲れたのか、少し休んでいた。私には彼が自分の老いに戸惑っているようにも見えた。

「オイ、亜以須。来い」

私が大声で言い、手招くと自らに気合いを入れるように起き上がり、何度か苦戦してこちらにやって来た。肩で息をしている。

——今はそれが君の日常か……。

少し一匹と一人で話をした。

夜半、仕事をしていると、私のバカ犬がイビキをかきはじめた。若い時にはなかった。歳を取ったのである。

仕事を終え、待機していたバカ犬と寝所へ行き、よほど眠むかったのだろう、すぐにまたイビキをかきはじめた。

しばらく犬を撫でながら、昼間見た兄貴の犬の姿がよみがえった。今はまだ元気な犬も同じことが起きる。そうしてやがて立ち去って行く。人間の何倍もの速さで生を歩んでいるのだから、その日はすぐそこにある。

彼等が若くて元気な頃は、想像もしなかったことである。家人の大切にしていたものを喰い千切ったり、粗相をした悪戯好きの姿は遠い昔のことである。

ふいに切なくなった。私にしては思わぬことである。二匹に対して、妙ないとしさが湧いた。まさか自分の感情が、こんなことで揺れるとは思わなかった。

私は少年時代、二度、犬の死を見た。泣きそうな顔をしている私に父は言った。

「泣くな。犬は人より早く死ぬんだ。犬ごときでみっともない顔をするな」

そう言った父の目も濡れていた。

二匹とも、二人で原っぱに埋めに行った。穴を掘り、土をかける前に父はじっと犬を見下ろしていた。

「むこうへ行きなさい」

そう言って父は土を犬にかけた。

生きものであれ、人であれ、別離のこころの持ち方を備えておくことは礼儀である。準備をしておこう。君たちが去った後、哀しみの淵に長く佇むことが起きれば、何のための出逢いだったのかわからなくなる。

第三章　心

「あなたはまだ若いから
知らないでしょうが、
哀しみにも終りがあるのよ」

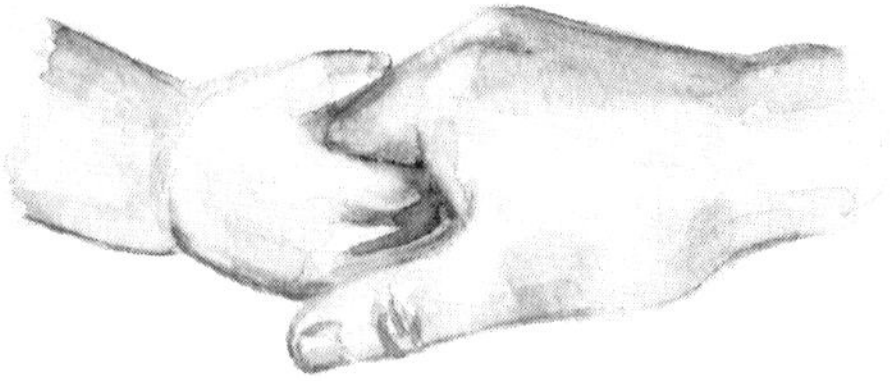

青春の不条理

いやはや、暑い。熱いの方が適切か。

昼間、ホテルの部屋のカーテンを閉め、両肩に濡れタオルを掛けて仕事をしていても汗が出てくる。下手をすると原稿用紙の上に汗が落ちるのではと思う。

私はクーラーを使わない。クーラーを入れてうたた寝すると体調を崩す。クーラーの冷風に弱い。これまで世間の冷たい風にはずいぶん当たってきたのに、どうして機械の風に弱いのだろうか。本当は虚弱体質なのかもしれない。ナ、ワケナイカ。

午後、青森出身のMチャンから電話で、

「今、外に出たら間違いなく死ぬっから」

と津軽弁で言われた。五所川原訛りか？　外の温度はすでに三十五度を越えているらし

い。カーテンを少し開けて外の様子をうかがうと、たしかに暑そうだ。

肌が切れそうな寒さと言うが、こんなに暑い時はどう表現したらいいのだろうか。

一発で目玉焼にされそうな暑さ？

イカン、イカン、こういうの書かないように家人から注意されてたんだった。


私はこれまで暑くて音を上げたことは一度もない。

それには理由がある。かつて十年以上、炎天下のグラウンドで何時間も水を一滴も飲まず毎日、白球を追い続けていたからだ。

真夏、朝七時くらいから三十度を越える暑さになる日を何度も経験したし、真昼時、選手たちが陽炎《かげろう》の中に立っていたのを見たことが幾度もあった。陽差しが一番強く感じられるのは午後の三時から五時の間に一度やってくる。〝四時のバカっ晴れ〟と呼ぶ。

昼食時に少し水か麦茶を飲むが、それ以外グラウンドにいる時はいっさい水分の補給をさせてもらえなかった。それが昔の野球部のやり方だった。

「いいか、俺たちも先輩たちも一滴も水を飲まずに練習をして根性を鍛えたんだ」

そんなもんで根性鍛えてなんになる、このボンクラどもが（と胸の中で思ってた）。

今なら脱水症状を起こしている身体に水分を補給しなかったら練習する意味がないことは誰でもわかる。疲れてばかりで筋力がつくはずがない。しかしそれがどこの名門野球部でも当たり前だった。

雨上りのあとの猛暑の時、私とジャイアンツにドラフト一位で入ったY山と二人、あんまりにも喉が渇いて、足元の水溜りの泥水が、泥が下の方に沈んで上澄みの部分が結構透明で綺麗に見えた。

二人の目は同時にその泥水を見ていた。

私はY山に小声で言った。

「おまえさっきからそんなものを見て何を考えてんだ、バカ」

「おまえだって見てたじゃねぇか、バカヤロー。あのさ、泥水って……」

「うるさい。腹こわすに決ってるだろう」

「俺、結構、腹は丈夫なんだ」

それがかたやプロの名選手になり、片方は毎晩、銀座で飲んだくれてる作家になってしまったのだから、世の中はどうなるかわからないものである。

こんなこともあった。

練習中に先輩のバットが折れて、

「オイッ、俺の部屋へ行ってバットを取ってこい。机の脇に二本あるから新しい方のバットだ」

「ハ、ハイッ」

――シメタ！　水が飲めるぞ。

グラウンドの隣りにある寮の建物に入ればトイレでもどこでも蛇口をひねれば水にありつける。ユニホームの胸元を水で濡らさぬように戻れば済む。

私は笑いそうになる顔をことさら怒ったような顔にして寮にむかって走り出した。

階段を上り、三階の先輩の部屋に入りバットを取って引き上げようとした時、机の上に飲みかけのコーラの大瓶が置いてあった。

――水を飲もうと思っていたが、そりゃコーラの方が美味いだろうよ。

大瓶の半分近くが残っていた。

――ひと口飲んでもバレはしまい。

私は机に近づき一気にラッパ飲みした。

すると口の中に何か楊子《ようじ》のようなものと異物があふれた。味もおかしい。

ペッ！　何だ？　こりゃ。

手の中に吐き出すと、それは数本のマッチの棒と煙草の葉であった。

――イカン、灰皿に使ってたのか。


そんな苦しい練習の後でも、その日の練習で一年生にミスが続くと、陽がすでに落ちたベンチの前に一年生は全員整列させられた。

「おまえたち今日の練習の、あのざまはいったいなんだ？　俺たち二年をなめてんのか」

「いいえ」

その時刻、汗の匂いであふれた若者をめがけて、方々から待ってましたとばかりでっかいヤブ蚊が直立不動で立つ一年生の顔やら腕にむかって突進してきて、血を吸い放題になる。叩くわけにはいかない。

そこで顔に止まって蚊が血を吸いはじめると、頬の筋肉に思い切り力を込める。すると蚊は針が抜けなくなり羽音を立てて脱出しようとする。その時、左端から二年生のビンタが近づいてくる。

――待ってろよ、逃がすものか。

そうして自分の頬に先輩のビンタが飛んでくる。ビシャーン。やったぞ。しとめた。

「西山（私の名前）、おまえ何笑ってんだ」

愛する人が残してくれたもの

人と人は出逢いではじまる。

雁のヒナは最初に目に映った対象を自分の親と思うそうだ。

雁を人だと考えると、人は生まれいずる瞬間に、誰かの差し出してくれる手を必要としているのである。

それは私たちのこころの奥底にきちんと埋めこまれており、寒い朝に赤児がどこかで泣く声を聞けばどんな人でも、大丈夫なのか、何か切ないことが赤児の周辺で起きてはいないかと心配をする。これは人間が、大人の男がここまで（二十歳くらいかな。いやもっと若くても当然だと思うが）生きてくれば人として当たり前のことである。

だから私は親が子を殺《あや》めることはよほどの事情があり、親とて、人でなくなっていたので

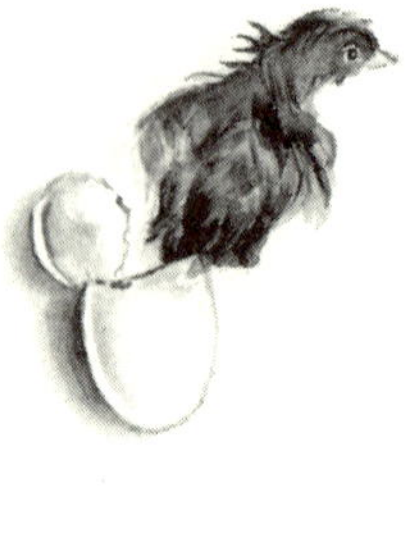

はと思う。

私はそれを母親に教えられた。

「どこの世界に我が子に苦しいことをさせる親がいますか」

このように書くと、親がなかった人はという例が当然のごとく出るが、その人たちとて親のように親身になってくれた人は必ずいるはずだ。


人と人、生きものと生きものは出逢いがはじまりだが、人間以外の生きものに例えると、大半の生きものは生まれてすぐに別れを経験する。

海ガメの子供たちがそうである。

テレビなどは浜に揚がった海ガメが涙を流しながら産卵するシーンを映し、それをナレーターがさも感動したように語るが、肝心は孵化《ふか》した後、あの卵の殻《から》を割って砂の中から必死で這い上がり、海を目指して筋肉も満足にできていない海ガメの子がむかう、あの力が大切なのである。

そうしなければ生きていけないし、人が人生がどうのこうのと言う以前に、カメの生涯があるとすれば、別れこそが彼等にひとつの生、生涯を与えるのである。それでも百の子ガメで生き残るのは数匹である。

私は三十五歳で若い妻を癌で亡くした。

仕事を休みともに治療現場にいた（このことは後に仕事を休むべきではないと思った）。二百九日後、妻は亡くなり、私は茫然とした。妻の仕事が女優であったため病院の周囲は騒然とした。ところが私に言わせると、生きる希望を抱いていた若い一人の女性が、私の妻が、生きること、明日があることをすべて断たれたことに、

――いったい何が起こったのか？

と混乱するばかりであった。

それから一年はまたたくうちに過ぎて、私は故郷に帰り、後輩の野球部員の指導をしたりしていたが、一日の大半はギャンブルと酒の日々であった。

なぜそうなったのかと考えると、彼女が日々の暮らしで語っていた些細《ささい》なことが次から次にあらわれ、あの言葉は、ぐうたらでどうしようもない私を励ましてくれていたのだと思えたからだ。

篠田正浩という名監督がいて、彼女が亡くなって二年後、偶然あった折に言われた。

「あなたの小説を、彼女が突然私に持って来て、読んでくれと言われました」

そんなこと露とも知らなかった。

「私はこの人は小説家になるべき人だと思うのですが」

と大きな目を見開いて言ったそうである。

同じことを久世光彦にも言われた。

言ってきた当人は、当時、花になろうとする女優である。

「読んだが見込みはありません」

とは言えるはずがない。

今思えば拙《つたな》い作品である。

私は何を言いたいのか。

彼女はそれを男たちに見せようとした時、何かを決心したのではないかと思う。

人は自分だけのために生きているのではないということである。

死別の哀しみと世間は言うが、私などはたいしたことはない。それでもである。

私は別れた瞬間から何かをすべく生き方を模索し、偶然、小説を書くようになり、それが
妻の願いであったことは後年に知るようになったにせよ、私は今でも彼女が多忙な日々の中

で、そうしてくれたことに感謝し、何かひとつまともな作品を残したいと思っていることは事実である。

それにしてはつまらない作家で申し訳なく思っているが……。

どんな手紙がこころを動かすのか

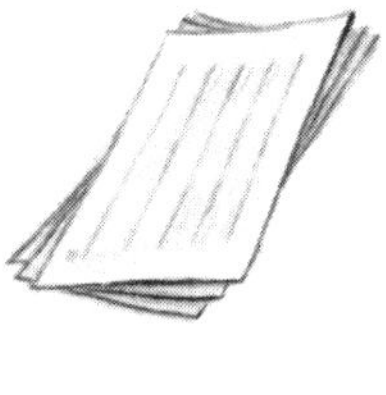

先日、京都に一泊の取材に出かけた。

取材を終え、夕刻、先斗町のY志屋で飯を食べ、数軒バーをハシゴして引き揚げようと高瀬川沿いを歩いた。

すると男が三人居酒屋の前で揉《も》み合っていた。

「今夜は私に」「いや、私が払います」「何を言うとんや、わしが誘ったんやで」

支払いのことで財布を手にやっている。

――ほう、近頃、珍しいな。楽しそうだ。いい光景なのでしばらく見ていた。

何なら、その金、私が預ろうか、と言ってやりたかった。

私がいつも感心するのは、どうして金がない人間に限って、自分が払うとムキになるのだろうか。

金を持ってる輩は不思議と支払いの時には姿が失せている。あれはどこかで教わったのだろうか。


〝金持ち喧嘩せず〟と言うが、〝金持ち支払わず〟も本当だ。

遊び仲間でも、あれに支払わせなくてもいいだろう、と思われる果報者がいる。

歌手の井上陽水さんがそうだ。

色川武大《いろかわたけひろ》さん、黒鉄ヒロシさん、私の四人で食事や麻雀のあとで、酒場をハシゴすると、精算の時は決って陽水さん以外の三人で、私が、私がになった。黒鉄さんは人気漫画家だから金はあろうが、色川さんも私も、そう余裕はなかったのに、初中《しょっちゅう》後支払うと喰いさがった。

「やかましい貧乏人、ならその金よこせ」

黒鉄さん一流の一喝でご馳走になった。

或る時、黒鉄さんが言った。

「陽水さん、君、酒場で金を払ったこと今まであるの？」

「そうなんですよ。今までそれが気になっていて、来月の色川先生のお祝いの会の二次会以降、私に払わせて貰えませんか」

黒鉄さんと私は顔を見合わせた。

「よく言った。社会勉強のためにもそうしなさい」

当夜、私のそばに、胸のポケットに金をたんまり持った陽水さんがいた。

――どうなったかって？

二次会、三次会、四次会……、胸のポケットに手を入れ、陽水さんが立ち上がろうとすると、別の誰かが支払いを済ませていた。黒鉄さんと私はただ呆きれて、三人で明け方のタクシーに乗った。

シャイと言うか、世間知らずと言うか。


挨拶状、案内状、詫び状……、手紙の書き方を教えてくれとよく言われる。

これまで私は何度か、こころを動かされる手紙を貰ったことがある。

その中のひとつに黒鉄ヒロシさんが、田舎でくすぶっている私にくれた長い手紙があった。そこには色川さん、陽水さんと麻雀、サイコロで遊ぶ姿が素晴らしい絵で描かれ、皆、君と遊びたいから早く上京して欲しい、とあった。その手紙がなければ、私は上京することはなかったし、作家になることもなかった。

文章だけで、そんなことまで気遣ってもらわなくとも、と思ったのは井上陽水さんの手紙だった。

以前、陽水さんの何年も遅れての結婚パーティーがあり、そこに出席した折、私の席が隅の方であったのを申し訳なかったと詫びてあった（そんなこと私は思いもしなかったのだが）。

丁寧な人だと感心した。

その手紙の冒頭に唸った。

〝～手紙は思い立った時に書くのがいいと誰かに聞いた気がするので、君に今……〟

さすがと思ったが、純粋と達人のどちらなのかは、私にはわからない。

誰にも運、不運がある

夜半、仕事をしていたら原稿用紙の上に黒い点がぽとりと落ちた。

思わず天井を見上げた。

——とうとうこの家も雨漏りか。

丁度、一年半かけて書いてきた連載小説の最終回を記した、その文字のすぐそばだったので、

——どういう予兆だ？

と考えた。

私はそんなにゲンをかつがないが、たとえば昔、競輪の〝旅打ち〟（ギャンブルの旅をそう呼ぶ）に出かけ、初日にプラスになると六日後の最終日まで髯も剃らなければ風呂も入らな

い。〝旅打ち〟の成績がわずかなプラスを続けていれば一ヵ月位風呂には入らなかった（これってゲンをかつぐ方か？）。

予兆を感じたのは、その黒いものが相撲の黒星のようにも見えたし、不吉な〝黒い雨〟を想像させたからだ。

ところがそのちいさな黒いシミ（七ミリくらい）がかすかに動いた。

――虫か？

鼻をくっつけるようにして見ると半円形の上にあざやかな赤い玉模様がふたつあった。

――こいつ、テントウ虫じゃないか。

私は驚いた。

仙台はすでに冬に入っている。夜になれば家はどこも戸締りがしてある。

――いったいどこから侵入してきたんだ？

しかも時刻は夜中の三時前である。

――宵っ張りのテントウ虫だな。

類は友を呼ぶってことか。私はもう一度じっと相手を見た。

――雌か、それとも雄か？

どうも私は生きものをそのふたとおりでまず判断してしまう。まあテントウ虫だからどちらでもよろしい。

私はテントウ虫をまじまじと見て笑った。

——これはいい兆候だぞ。

テントウ虫は私にとってラッキー、つまり幸運の女神である。

これまでも競馬、競輪、麻雀、ルーレット、ポーカー、チンチロリンなど大切な勝負処でテントウ虫に出逢った時は連勝だった。

「ちょっと伊集院さん、六十歳にもなった作家の大切な勝負処が、それだけですか」

——それがどうした。

テントウ虫は前足で顔のあたりを毛づくろい（とは言わんか）、じゃなくて盛んに拭《ぬぐ》っている。私は相手に気付かれぬようにそっと机の上の天眼鏡を取り、その様子を観察した。これがなかなか面白い。

——どこかで一杯やってきたのか？

私も酔っ払って部屋に戻るとやたら顔を撫でたり、髪を掻いたりする。この辺りにテントウ虫が一杯やる居酒屋のようなところがあるのだろうか。

五分も観察していただろうか。突然、テントウ虫が動かなくなった。

——こいつ眠むりやがった……。


人間は長く生きると、誰にでも運、不運があることがわかってくる。

いい時と悪い時は交互に訪れるという人がいるが、それは嘘である。運のいい人間と、運の悪い人間はあきらかにいる。

昔から人間が何か、誰かに祈ったり、頼み事をするのは、運、不運の存在を知り、運の悪い方に自分が入らないように願うからである。

私は、神頼みをいっさいしない。ここまでいい加減というか、さんざ悪いことをしてきて、今さら神がこっちの言うことを聞く道理がない。

まともなことだけをしてきたという人のことを耳にするが、私はまだそういう人に直接逢ったことはない。口にする人はいたが、よく見ると小悪党の権化のような顔をしてる。

長く生きることも運が必要だと言う。

昔、将棋の升田幸三名人が面白いことを語っていた。

「よく若くして亡くなった人は善い人が多かったと世間で言いますね。私は、それは早くに亡くなって可哀相だから、そう言って慰めていると思ったのですが、こうして名人になり、大きな会社の社長さん、会長さんに将棋の指南というか、まあ手ほどきをしに行くんです。そうしてわかったのですが、長く生きている人の手筋を見たり、人となりを眺めているとどうも悪そうな人の方が多いですね。長生きしたかったら善人はやめた方がいい」

この逸話を読んだ時、なるほど一理あると思った。

あれっ、テントウ虫がどこかに行ったぞ。酔い覚めに一杯引っかけに行ったか。

大人のお洒落は靴に出る

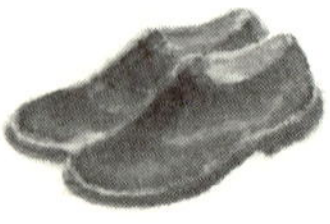

年に一度、それも風が冷たくなりはじめてから、私は落語の高座を聞くのを愉しみにしていた。

落語に詳しいわけではない。

ただ一人の落語家の噺を聞きに行った。

立川談志である。

私にとって落語家は立川談志、ただ一人であって、他はない（正確には他は知らない）。この人の高座が、私の落語のすべてであり、談志の語りからさまざまなものを得た。学んだでもいいが、たかが落語と思うようにしてるから、学ぶほどのものではない。

十数年前、評判が聞こえはじめた立川志の輔からラジオの番組のゲストに呼ばれた。贔屓の談志の弟子であるし、その当時は弟子の中で唯一評判が良かったから（今は他の弟子からいいのも出ているらしい）話をしに行こうと思ったが、やはり相手は贔屓の弟子である。弟子のところにのこのこ出かけては、贔屓の師匠に失礼になると思い、やめた。

私は遊ぶ。呑むし、打つし、時々、仕事もしかたなくやる。

忙しく生きてきた。だからずっと貧乏だった。金がまるっきりないとか、稼ぎがなかったのとは違う。さっきも書いたように遊ぶからだ。品のない生き方なのである。で話を戻して、そういう生き方だったから、志の輔まで見に行けなかった。

談志一人の高座で、十分過ぎるほどの（お釣りまで貰った気もする）ものを得てきた。

談志は作家の色川武大に教えられ、紹介された。酒場で逢った時、艶気があったので驚いた。以来、贔屓になった。

落語好きというか、落語に詳しい輩がいる。この輩が私は嫌いだ。

「あなた、談志ですか……」

と、妙な顔で言われる。何を抜かしやがる。談志さんと言え。師匠と呼べ（口にはしないが）。その連中が黒門町だ、××だ、とか訳のわかんないことを口にする。聞けば落語家の住んでた町のことで、通はそういうらしい。馬鹿じゃなかろか。そんなに町に詳しいのなら、交番の巡査になれ。

ともかく私は談志だった。聞けばわかる。

だから談志が高座に上がれなくなれば、もう落語を聞きに行くことはないだろう。


談志は一度、国会議員になった。

二日酔いで記者会見に出て、

「政治と酒のどっちが大事なんだ?」

と記者が馬鹿なことを聞いた。

「酒に決まってんだろう」

そう言って談志は議員をやめた。

その逸話を色川武大は斯く語った。

「芸人というものはああいうものです」

だから私は芸人が政治をやるのは、ほとんど洒落で、必ず馬脚を露わすと思っている。芸人というのは危険な連中である。

昔は芸人が家に遊びにくると、金目のものは隠したものだ。

一度、談志の楽屋を訪ねたことがある。

高座に出る直前、談志がふと真顔になった瞬間を見たことがある。

ハッ！　とするほど艶気があった。

その折、楽屋口で談志の履物を見た。綺麗なものだった。お洒落なのだと感心した。

かなり前の話だが、まだギャンブルにどっぷり身が漬かっていた頃、博多で大相撲九州場所の寄せ太鼓が聞こえる時期、同じ九州の小倉で競輪祭なるものがあった。

その頃、賭け金を片端から借り集め、旅打ちに出ていた。賭け金を車券以外に使うのがもったいなくて（貧乏なギャンブラーだネ）、同じ旅打ち人ばかりが泊る旅館に居ついていた。安い宿賃で、相部屋だった（相部屋ってわかりますよね。同じ部屋に知らない何人かが寝泊りすることですよ）。ギャンブルというものは十人中九人が敗れるのが当り前で、宿賃を踏み倒すのもいるのではと、若い私は思った。

そのことを宿の女将に尋ねた。

「大丈夫、靴を預ってるから」

――なるほど……。

「けど金がないのも泊りに来るでしょう」

「大丈夫、靴を見ればわかるから」

古い銀座のクラブのママも同じ一言。

「飲み代を踏み倒す客かどうかわかるの」

「だいたいね。靴を見れば客はわかるわ」

靴は、大人のお洒落の大切なものである。

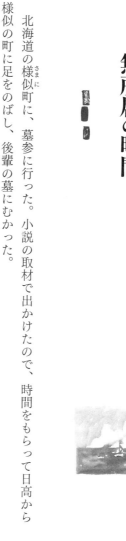

無所属の時間

北海道の様似《さまに》町に、墓参に行った。小説の取材で出かけたので、時間をもらって日高から様似の町に足をのばし、後輩の墓にむかった。

十六年前にレース中の事故で亡くなった騎手の岡潤一郎君の供養だ。彼が亡くなってからずっと墓参に行きたかったのだが、かなわなかった。そのことがいつも胸の隅でくすぶっていた。

――後輩の墓参ひとつができなくて何が大人の男だ。たいした仕事をしているわけでもないのに……。

海には霧が出ていた。親子岩が見えて様似の町に入った。待ち合わせた信号に一人の女性が立っていた。潤一郎君の母上である。挨拶に近づくと、もうお母さんは涙ぐんでいらした。

母にとって我が子の死は、昨日のことなのである。

お母さんと次男のお嫁さんとお孫さん、海の見える丘に上がり墓前で手を合わせた。海風が吹き、潮と夏草が匂った。

彼を紹介してくれたのは兄弟子の武豊君だ。弟のように可愛がっていた。岡君は才能のある素晴らしい騎手だった。

或る年の冬、上京した岡君と武君と一緒に食事をし酒を飲んだ。その席で、彼が、「いいものあげようか」と私に囁《ささや》いた。

「何?」「これだよ」それは彼がリンデンリリーでエリザベス女王杯を勝った記念に関係者がこしらえたテレフォンカードだった。

「こんな貴重なものいいよ」「いいんだ。あと少し持ってるから、特別にね」と彼はウィンクした。嬉しかったのだろう。

そのカードは今も私の仕事場に飾ってある。見るたびに、あの夜がよみがえる。

その夜、千歳で飲んだ酒はひさしぶりに美味かった。命日の二月十六日に武豊君は必ず墓参にやってくると聞いた。

――いい兄弟だナ……。

ＪＲＡの大レースで観衆が大騒ぎをする光景を見るたびに、もう少し静かに走らせてはやれないものか、ともしものことを考えてしまう。スタンドの若者も、中年も、女たちもそうしない。皆が騒ぐから自分も声を上げる。それが今の日本人だ。

今回の取材旅行、仙台―千歳間の飛行機は行きも帰りも満杯だった。

ほとんどが旅行客で、夏休みのせいか子供連れの家族も多かった。見ていてお父さんは立派だな、とつくづく感心する。

或る時期、夏の間、フランスのパリに滞在することが何年か続いた。

理由はパリが静かだからだ。パリっ子は通常一ヵ月、長い夏休みを取って避暑地に出かける。大半の市民が出かけて人がいない。彼等は子供の時から夏休みはそうやって過ごすものだと習慣になっているからだ。そこで普段とまったく違うものに出逢う。

フランソワーズ・サガンの『悲しみよこんにちは』も〝避暑地の出来事〟がテーマである。ヴィスコンティーの『ベニスに死す』もそうである。

フランス人の大半は個人主義で、我儘で、譲り合う精神が欠如しているどうしようもない連中が多いが、彼等のロングバケーションに対する考えは、私は好きである。

或るパリジェンヌが言った。

「仕事を忘れて、普段の時間とまったく違う時間を過ごすのよ。それがすべて」

何をするか、というのは二の次と言う。

「働きどおしの一年なんて最悪でしょう。一年の内にまったく違う一ヵ月がなければこの世に生まれた意味がないでしょう」

そこまで極端に言わなくてもいいが、彼等、彼女等は子供の時から、そんな時間の使い方に慣れているのだ。


作家の城山三郎氏は、それを〝無所属の時間〟と呼んで、大切にした。〝無所属の時間〟とは書いて字のごとく、その時間がどこにも所属しないことだ。例えば自動車のセールスマンが旅に出て、時間が空いたのでライバル社のセールス振りをのぞいてみる、という行動は、すでにその時間が仕事に所属してしまっている。妻がガーデニングが好きなので花の種でも買いに行くか。これもすでに家庭、夫というものに所属している。一度、どこにも所属しない時間を過ごしてみたまえ。これが案外と難しいことがわかる。初手でやるならホテルの一室でじっと過ごすか、街を理由もなく歩いてみることだ。何かがあるものだ。

作家の吉行淳之介氏は〝煙草屋までの旅〟と語った。大人の男は近所の煙草屋まで、煙草を買いに出かける行動がすでに旅なのだと粋なことを一冊の本にまとめている。家から煙草屋までのひとときでさえ、人は何かにめぐり逢うものである。

それが私たちの生、社会なのだ。

生きることに意味を求めるな

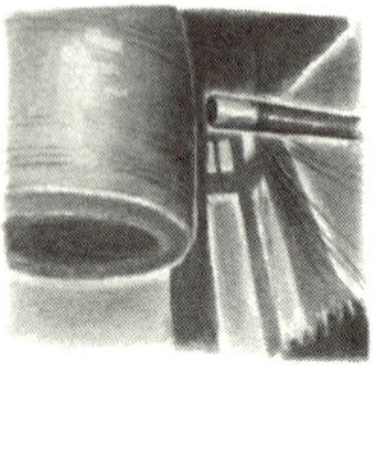

一年がまた終る。

時間というものは絶対的な力を持っている。

時間と五分にやり合えるものは何もない。

空間も、社会も、生態系も、宝くじの当り札も、賽《さい》の目のピンゾロも、絶世の美人も、政権交代も時間に比べれば皆、屁みたいなもんだ。

いつだったか偉い高僧の話を聞く機会があって皆がかしこまって、千日修行を何度か乗り越え、九十歳にならんとする僧の説話を聞いた。話が終り、聴いていた水道の配管屋のおやじが僧にたずねた。

「お坊さま、ご長寿が羨やましい限りで、ひとつお聞きしたいのですが、私は今六十歳を越えたばかりでして、六十歳から九十歳までの三十年というのはいかような感じでございましたか」

――ほう面白いことを聞くもんだ。

聴衆の大半は年寄りたちだった。

僧は目を閉じて何も言わない。

聴衆は皆固唾《かたず》を飲んで僧の言葉を待った。

僧は目を閉じたままだった。

配管屋がまた声を出した。

「お坊さま……」

すると僧はカッと目を剥いて、

「一瞬じゃった」

と応えた。

皆が、ホウーッと感動の声を上げた。

その時、一緒に行っていた麻布の鮨屋が、

「チェッ、何をぬかしやがる」

と舌打ちし、言葉を吐き捨てた。

「伊集院さん、引き揚げましょうや」

と立ち上がった。

——いい鮨屋だナ～。

と思った。


一年がまた終る。

人はさまざまなことで悩んだり、失望したり、場合によって死んでしまおうかと考えたりする。特に年の瀬は普段と違って余計なわずらわしさがむこうからやってくる。

人によってはあまりにもせんない立場に、

——なぜ、こうなったんだ？　わしだけがなぜこんな目に遭う？

とややこしいことになり、果ては、

——人生って何だ？　生きるって何なんだ？

とまで口にしてしまう。

オッサン、生きる意味なんぞを年の瀬に問うたら、訳わからなくなるよ。

生きる意味なんぞ、誰か暇な奴が考えればいいの。哲学者とか、競輪場のガードマン（最近、客がガラガラなので）とか……。

生きることにいちいち意味を求めるのは、鮨を喰うのに、ミッシュランとかいう馬鹿な星がふたつもついてる鮨屋のトロだから、うん、やはり美味い、といちいち御託言いながら鮨を食べる阿呆と一緒でしょう（タイヤ屋に鮨がわかるか。若い奴に鮨がわかるものか）。

美食家？　食べ物のコウシャク言うんなら五十年、一財産喰ってから言え。

一年がまた終る。

ひと昔前は年の瀬になると、必ずどこかで〝行き倒れ〟というのがあった。

「行き倒れが出たぞ。橋の下だ。行き倒れのホトケが転がってるぞ」

近所の男衆が声を上げて走っていた。

年が越せそうもなかったのか、食べるものがなかったのか。生きることが嫌になったのか。ともかく年の瀬に死ぬ人がいた。今はとんとそんな話を聞かない。

何が不景気だ。皆何とか恰好を整えて暮らして行ってるじゃないか。金だって底をついてないのだろう。なら年の瀬くらいパアーッと宴会でもやりましょうよ、社長。

何日たっただろう

二月に入り、少し早目に仙台に帰った。

体調が良くなかった。少し疲れもあった。

——何の疲れでしょうか？

勿論、仕事もあるが、仕事が終ってからの一杯が、このところ十杯以上の夜が続いた。

なんでまた十杯も？　何か楽しいことでも？　楽しいことで十杯も飲んでいたら、陽気なギャングたちは皆アルコール依存症でしょう。

疲れは、風邪引きにつながった。

朝、原稿を書いていて、熱っぽかった。悪寒がすると、身体が火照りはじめ、パジャマの上を脱いで仕事を続けた。

汗も掻く。タオルで拭う。むかいのビルの人がガラス越しにその姿を見たら、

「おっ、乾布摩擦をやってるぞ」

と間違うかもしれないが、真実は他人の目には見えない好い例である。

夕暮れ、身体がだるくなった。仕事にならない。部屋の電気を消して横になった。

――熱が下がるのを待つしかあるまい。

薬は飲まないかって？

風邪くらいで薬を飲んでちゃ、一人前の大人の男と言えんでしょう。

生まれてこのかた薬を飲むという行為をほとんどしたことがない。別に薬を信用していないわけではないが、なぜか飲まない。

部屋を暗くしてひたすら横になり、恢復を待つ。水分をよく摂って汗を掻く。栄養も摂る。この繰り返ししかない。

ところが翌日、翌々日も熱が下がらない。

栄養も、ルームサービスを注文するが、味も素っ気もない。ひと口、ふた口で終わる。熱があるから喉が渇く。水を飲み続ける。

熱があるせいか寝付けない。夜中にＢＳテレビを点ける。いろんなことに気付く。

堤真一の自動車はどうしてあんなに初中後《しょっちゅう》故障をするんだろうか。どうしていつも同じ男が作業着を着て走り寄るのだろうか。

なぜ、青汁をあんなに美味しそうに飲めるのだろうか。一家で青汁飲むかね。

ジャパなんとかの元社長の声はどうしてあんなに甲高かったのだろうか。あの時だけテレビのボリュームが高くなってないか。

熱っぽいので氷枕を頼んだ。ラクになる。

どうして氷枕に気付かなかったのか。

四日目に入り、食欲なし。水をひたすら飲んで汗を掻く。

風呂に入れない。バスルームで身体を拭く。ついでに体重計に乗ると、四キロも体重が減っていた。

——本当か……。

この分で体重が減れば、五月の下旬には体重がなくなる。

夜半テレビを消音で見ている。ライなんとかザップというコマーシャルで、テレビで顔を見たことのあるタレントが、最初、布袋さんと言うかビア樽みたいな腹であらわれ、次に筋肉黒光りの姿で登場する。

君、初めに腹の力を抜いてるだろう。次は腹を引っ込めてんだろう。誰が見ても変だと思うのだが、他の人はどう思ってるのか。

しかしあんな身体になって、いったい何をしようというんだ？　あれを美しいと思うなら、センスの欠けらもないと思うが。

家に着くと、バカ犬が吠えて迎える。

「どこへ行ってたんだよ、このバカ。ワン」

着換えながら、私の脱いだズボンを噛み千切ろうとする犬に、それ買ったばかりだぜ、と言うが通じない。

夕食を摂り、バカ犬と庭に積もった雪を眺める。

「どうだ身体の方は？　痛みは消えたか」

「作家、おまえ少し痩せたか？」

「まあな。いろいろあるんだよ、人間は。そう言えば兄ちゃん（犬のこと）、喉にガムつまらせて大変だったらしいな」

「ああ、一巻の終りかと思った」

「ほう、そんな言葉知ってるのか」

雪が降り出した。暖炉に薪《まき》をくべる。

パチパチと薪が爆《は》ぜる音がして、私も犬も火の勢いを見ている。

作家の杉本章子さんが亡くなってもう何日になるのか。競馬の名編集者だったS沢が亡くなってどのくらい過ぎたか。

暖炉の火を見ていたら久世光彦を思い出した。生きていればいろいろ楽しかったのに。

炎のむこうに立川談志師匠の笑顔が浮かんで来た。独演会にはもう行けない。

「今夜はひさしぶりにイー兄《あに》い（私のこと）が来たんで、芝浜をやるか」

犬がパジャマの裾を嚙む。

「何だ？　叱られるぞ」

「おまえ明日、誕生日だろう」

「大人の男に誕生日なんぞあるか」

祈り

〝蜻蜓〟と書いて、ヤンマと読む。

あのトンボの中でひと回り大きなやつである。シオカラトンボや赤トンボのように夏の中頃から野原、海辺を無数に飛び交うトンボと違って、このヤンマはなかなか目にすることがない。

少年の頃、その姿を見つけると思わず、

「あっ、鬼ヤンマだ。見たか？」

「うん、見た見た。でっかいのう。あんなのが捕れたらええのにのう……」

と言ってうらめしそうにヤンマの飛び去った藪《やぶ》の方を悪ガキたちは見たものだった。

そのヤンマが、今朝、仙台の家のバラの垣にやって来て、一時間余り、じっとしていたと

家人が言う。バラはすでに花を落しているから、その場所が気に入ったのかもしれない。

「犬たちを二度庭に出した間もずっとバラ垣に居たから、もしかして誰かが来たのかしら」

――何のことだ？

と思って、カレンダーを見ると盆に入っていた。

――そうか、そういうことか。

「ねぇ、この日和の前後に編集者の方の命日があったわよね。何と言ったかしら」
△△さんだ、と私が声を返すと、そうだわ、いい方だったものね。数年前にも同じように大きなヤンマがやって来て、しばらく庭にいたものね……。
「そりゃ見たかったな」

「大きくて綺麗だったわ……」

そう言えば、昨日の午後、家人が犬の散歩の帰りに一緒になったSさんの姿をちらりと見た。私は犬を待って玄関先の椅子にパジャマで座っていたからあわてて引っ込んだ。Sさんは我家の犬をたいそう可愛いがってくれる。兄チャンの犬も姿を見ると喜ぶ。人間嫌いの、私のバカ犬も少しだけ愛想を使うから犬もわかっているのだ。

――そのヤンマはSさんのお嬢さんかもしれないナ。

Sさんのお嬢さんは三年前の震災で亡くなった。遺体が見つかるまで数ヵ月かかった。家人が悔みを言いに行くと、うちはまだ見つかっただけでも、と言ったという。

どこもかしこも家族、親戚、知人に犠牲者がいて、切ない初盆の夏だった。

『奥さん、私は元気ですよ』と言いに来たのかもしれない。

私は、あの世というものを知らない。知っているという人がいても、話を聞くつもりもない。ただ世界中の人間の中の、半分近くは、あの世を信じているらしい。近しい人が亡くなり、供養や、その人を偲《しの》ぶ機会が何度かあると、あの世はあった方が気持ちのおさめどころがいいようだ。

私は自分が、あの世に行けるとは露ほども思っていないし、行きたいとも思わない。自分がどう生きて来たかは私が一番よく知っている。死んだ後も楽《ラク》ができるはずがない。

地獄なら……。ハイ！　そりゃ仕方ない。そっちの方がたぶん知り合いも多い。

かと言って墓参や、寺社へ出かけないことはない。供養でも、偲ぶ折でもきちんと手を合わせる。それが大人の礼儀である。

人の家を訪ねれば、仏壇があれば手を合わさせてもらう。それが礼儀と教わった。

わざわざ？　と若者は言うかもしれないが、きちんとしたことはわざわざするものではない。信心は、人の行為の中の最上位にあると言ってもわからぬ人が多かろう。

神の存在のすべてを私は肯定しないが、祈ることは進んでする。現に海外へ行く度に病気療養中の義父母の恢復を祈って、スペインでも南フランスでも〝奇跡が起きる〞と評判の所へは時間をこしらえて出かけた。そこでロザリオを買って帰って家人に渡すと、しばらく大事にしてもらえる。お蔭で義父母は医師の診立ての倍の年月長生きをしてくれた。これは神のお蔭である。そうでない証明は誰にもできぬ。

但し、自分のことは、或る年齢の時からいっさい祈りも、ましてや神に頼むことはしない。私にとって、神々はそういう存在だ。

ヤンマがよく私の身体にとまる。とまると言うより、帽子でも、肩先でも鷲掴んで離さない。周囲の人は声を上げる。決ってこの時期が多い（当たり前だ、ヤンマはこの時期に飛ぶのである）。

三十年近く前、京都、山科の寺での薪能を見学に行き、能が仕舞い、坊主の講話の最中に一匹の大きな銀色のヤンマがゆっくりとあらわれ、篝火の灯りの中を聴衆の頭上を旋回した。皆、その美しさに目を奪われた。私は薪能でいい加減眠くなっていた上に坊主の話にうんざりしていたので、うとうとしていた。銀ヤンマは私の頭の上にとまった。講話が終るまでとまっていたらしい。

一時間後、坊主と精進料理の席にいると、

「それは亡くなった奥さまです」

と言われた。私はすぐに返答した。

「いいえ、実は、私は虫がよくつく男なんです」

やさしいひと

盆休みになろうかという日に仙台から上京した。仙台駅はひどい混雑だった。

こんな日に上京したのは、ひとつは私が二年前に出版した『いねむり先生』という小説がテレビドラマになり、その試写会を兼ねた記者会見に出席するためだ。

『いねむり先生』は私が三十代半ばに出逢った先輩作家との日々を小説仕立てにしたものである。

作家とは色川武大氏（もうひとつの名前が阿佐田哲也で〝ギャンブルの神様〟と呼ばれた人）である。氏との交流の一年余りを描いた。交流と言ってもほとんどがギャンブル場と酒場でともに過ごしたものだ。

通称〝旅打ち〟と言い、ギャンブルだけを打つ目的の旅を二人でした。今考えるとまとも

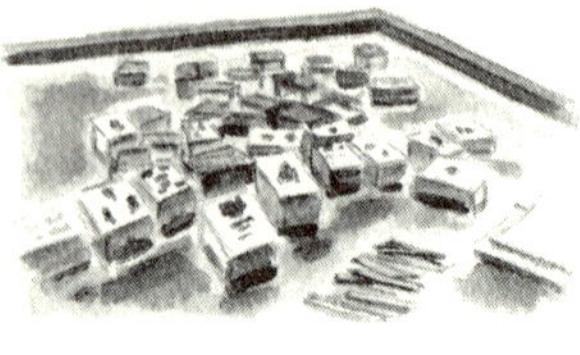

な人間のすることではない。

私たちは色川さんを先生と呼んでいた。

先生を私に紹介して下さったのは黒鉄ヒロシさんである。当時、家族を亡くし、東京を去り田舎に引っ込んでいた私はギャンブルと酒に浸っていた（人間が弱いというか甘えがあったのだろう）。そんな私に黒鉄さんは丁寧な手紙を生家にまで下さって、ギャンブルで上京した私に先生を引き合わせてくれた。

「とにかく逢ってみればわかるから」

その一言がその後の私の指針を決めた気がする。情愛のある先輩を持つことは幸せなことである。井上陽水さんにもこの頃紹介された。黒鉄さんも陽水さんも先生を敬愛し、見ていて微笑ましかった。


初対面の夜、先生は酒場で眠っていた。疲れてもいらしたのだろうが、先生はナルコレプシーという厄介な病気をかかえていた。時間《とき》、場所《ところ》をかまわず睡魔が襲い、突然眠ってしまう。珍しい病気に思われようが、大人だけではなく子供も罹《かか》る。一度、そのルポルタージュのフィルムをテレビで見たが可哀相だった。人が春の陽の中でうとうとと眠っている姿はどことなくのんびりして見えるものだが、この病気の場合、当人は苦しく辛い上に必死で抵抗しながら眠っている。

一度麻雀を打っている最中に突然、眠ってしまい、これじゃ困ると少し様子を見ていた三人が、先生、眠ってちゃダメですよ、起きなさい、と身体を揺らしたら、やにわに目を開けて手元近くにあったサンドウィッチを指で麻雀の牌を引くように取り、そのまま卓の上の河《ホー》にタマゴが飛び出たパンを打ち捨てたという（本当かしらと思うが、実際、目を醒ました瞬間、先生は置かれた状況をほとんど理解されなかった）。

元気だった立川談志師匠の楽屋へも連れて行ってもらい、先生はご祝儀をそっと渡しておられた。ジャズと映画、浅草の芸人が好きで交遊関係がとてつもなく広かった。

競輪の旅に同行した。青森、弥彦、名古屋、松山……と〝旅打ち〟は楽しかった。土地によって先生の麻雀の友がいて、怖い人も、豪快な女性もいて夜は麻雀になった。こうやって生きて行くことができたら、と青二才の私は本気で思った。

小説家としては一級の上の上で、一緒に旅をしていた当時は『狂人日記』と題された素晴らしい作品を執筆中だった。

深夜、先生の部屋にだけ灯りが点った。

私は先生に出逢ったことで小説を書くことを一度は諦めることができた。その期間が後年、私が作家を生業としなくてはならぬ時のいましめとなった。先生ほどの作品はとても書けない。その教訓が今自分が半端《はんぱ》に仕事しない姿勢をもたせている。

一度、青森からの帰路で航空券を予約していたら、先生が、今は私、運気が良くないので、君は一人で飛行機で帰って下さい、と言われた。私は驚き、どう応えていいかわからなかった。とてつもなく他人にやさしい方であった。

小説のドラマ化だから事実とは違うが、試写を見ていて、三十年前でも〝過去は昨日のことである〟という言葉の意味がよくわかった。私自身は辛かったが、小説を書くということはこういうことなのだろうと思った。

上京したもうひとつの用件は野球に関ることで、知人の子息が大学の野球部に進みたいという話を聞くことで、こちらは上手く行かなかった。人に受けた恩はその人以外の誰かに返すのが世の慣いと言うが、私にその能力がない。情無い話だ。

夜は、ヤンキースの選手として現役を引退した松井秀喜君と二人で馴染みの鮨屋で酒を交わした。彼が少し酒を飲んでいたので何やら大人になったのだと思った。

数日間の帰国は高校の野球部の仲間と一日甲子園へ行くという約束を果すためだという。記者となった友のために時間を惜しまない。やはり人間の格が違うのだろう。

第四章 風

——旅をしなさい。
どこへむかってもいいから旅に出なさい。
世界は君や、あなたが思っているほど退屈な所ではない。

人が人を信じるということ

一人の婦人が壇上に立った。

マイクを持つ手、足元も少し震えているように映る。

「生まれて初めて大勢の前で話します。私の息子が高校生の時の話です。当時、息子は下宿から高校に通っておりました。その時の担任がM野先生です。先生はいつも私にこうおっしゃって下さいました。『あの子はいい子だ。お母さん、心配はいりません。信用をしてやって下さい。大丈夫ですから』と。或る時、学校から私に電話があり、今日が期末の試験の日なのに息子さんが学校に来ていないと。私はそんなはずはない、弁当も下宿先に届けていたので、いったい何が起こったのかと、頭の中が真っ白になりました。そんな息子だったのだろうかとすぐに下宿先に行きました。たしかに息子はいませんでした。私が下宿の前に立っているとほどなくM野先生が坂道を自転車を押しながら登ってこられました。先生は『お母さん、たぶんあの子は市の図書館かどこかで勉強をしているのだと思いますよ、そうでなければ友達と受験の準備をしてるに違いない。大丈夫です。信じてやって下さい』そうやって二人で話をしている所に息子が自転車を押してあらわれました。その時、M野先生が大声で息子の名前を呼ばれました。息子は驚いて、青い顔をしていました。すると先生は息子にむかって『大丈夫か』と訊かれました。息子も頰を打たれたように『はい』と返事をしました。そうしたら先生は『そうか……』とだけおっしゃって学校に戻って行かれたのです。どこに行ってたのだとか、叱るようなことも一言もなく、ただ『大丈夫か』、そして『そうか』であとは息子にすべてをまかされました。あの人生の一瞬で、私は息子は救われたと、今も思っています」

私はこの話を聞いた時、あざやかに一人の先生と母子の姿が浮かんだ。

このような素晴らしい教師に、いや一人の人間に出逢った若者は幸せである。

週末、故郷・山口に帰った。

恩師の三回忌の法要に出席するためである。

今は新山口という名称になった駅、ついこの間まで小郡《おごおり》と呼んだ駅近くのホテルで恩師を偲《しの》んでの会が催された。

七十名余りの出席者が十数名ずつひとつのテーブルを囲んでの宴だった。テーブルの中央に故人との関りを示す名札が掲げられていた。

教職中の先輩、同輩もあれば、組合活動の仕事での同朋もある。教え子、教え子の親たち。近所の人という名札もあった。

私の席は「家族」と夫人の達筆な文字があった。

恩師・M野先生は、私にとってまさに家族のごとき人であった。

今から四十五年前の春、私が通っていた高校にM野先生は新任の教師として赴任してこられた。

倫理社会の担当だった。

先生は京都の大学時代の専攻は哲学だが、当時の日本は安保闘争でキャンパスも荒れていた。M野青年は学生運動の急先鋒の闘士だった。警察にも厄介になった。

運動に破れた青年は、日本を立て直すには若者の教育だと決心し、教職の道を歩みはじめた。

田舎の進学校に赴任して、すぐに生徒たちは先生の武勇を知ることになる。その高校には体罰を平気で与えるベテラン教師もいた。その教師とやり合った噂はたちまち生徒にひろがった。

最初の授業は、広島に原子爆弾が投下された日の朝の新聞記事だった。

「いいですか、国家は政治家が何かをするのではなく、国民一人一人が正しいことは何かを知ることです。マスコミが正しいと信じてはいけません。マスコミも多くの誤ちをしてきたのです」

M野先生の下宿は、私の生家から近い場所だった。母は、私に先生の酒と酒の肴を持って行かせた。母の計算が違っていたのは、先生が、高校生の私が茶碗酒をしていてもいっこうに咎《とが》める人でなかった所だった。

ひどい建物の下宿だった。その部屋の壁に積まれた本の山を見た時、若者の私は本当に驚いた。

「先生、これを全部読んだのかのう?」

「すべては読んでいません。これから読むんです。人間がいかに愚かで、いかに素晴らしいかを知るのが学問の最初です」

私は先生に〝コスモポリタン（世界市民）〟という言葉を習った。両親が朝鮮半島出身で、生まれ育った日本にさえ居場所を求められなかった若者にとって、世界が差別はおろか肌の色も関係のないひとつの市民だという考えは、衝撃だった。

先生は私のいた野球部の顧問をされ、私が上京する時、野球のボールに〝自己実現〟と書いて下さった。

上京し、身体を壊わし、夢が失せ、彷徨《ほうこう》する日々の中で自分が最後まで望みを捨てなかったのは、両親とM野先生のお蔭である。

M野先生が退職され、癌を患われた。

教え子たち皆がどうすれば先生が元気になられるかを考えた。結果、作家という職業の私が月に一度、先生の所で哲学の授業を受けることになった。

五十代半ばを過ぎてテキストをかかえ、飛行機の中で予習をし、二人っきりの授業で先生に叱られるのは汗を掻く時間だった。

先生の葬儀の夜は雨であったという。私はヨーロッパにいた。

当時を知るタクシーの運転手が言った。

「こんなちいさな町で葬儀の列がずっと絶えなかったのは初めて見ました」

M野先生を送った梅原猛《たけし》の一文に、M野君は学問と芸術を愛する心が甚《はなは》だ深く、教師として誠実な一生を送られた、とある。

何人もの教え子に人間として何が一番大切かを教えてくれた人が日本中にいるのだろう。

旅先でしか見えないもの

若い人から、こう問われることがある。

「何もしたいことがないんです。でもこのままではいけないと思うんです。僕は、私は何をしたらいいのでしょうか？」

その時、私はこう答える。

「旅をしなさい。どこへむかってもいいから旅に出なさい。世界は君や、あなたが思っているほど退屈な所ではない」

すると何人かの若者が反駁《はんばく》するかのように言う。

「旅をして何があるのですか？」

私は相手の目を見て言う。

「何があるかは、旅をしてみればわかるでしょう」

「………」

若者は黙ってしまう。

例えば今、テレビ番組はクイズや知識（実はまるっきり知識とは違うが）の答えを求め、それが正解、不正解と断定する。

納戸の奥にしまってあった家族の品物でさえ骨董品と称して、その値踏みまでもする。金の価値に換算してしまった瞬間に、親や祖先への夢も何もなくなってしまうのではないか。

世の中は今、すぐに答えを求める。

正しい答えなどどこにもないと、やがてわかるのに、皆が答えを知りたがる。

幕末から明治期にかけて、日本人を初めて目にした欧米の外国人が、総じて語っている日本人の印象は、

〝好奇心が強く、人に対して好意的で、よく笑う人々である〟

というものだ。

この印象は多分に先進国の人々が途上国の人間を見る時に言われるものであるが、私は日本人の印象としては、そう間違っていないと思う。

日本人は受動的で、自ら何事かをしようとすることが歴史的にもなかなかできなかった。だからと言って日本人が劣っていたわけでは決してない。むしろ逆で目的意識をいったん持つと、驚くほどの推進力を持つ人々である。ところが今の日本人には目標、進むべき標《しる》べが見えない。衆もそうであるが、治めるべき役割の政治家もしかりである。

——何がそうさせたか？

戦後、大人たちが隣人、他人、国家のことは真剣に考えようとしなかったからだ。

——自分と、自分の家族が良ければそれでよかったのである。

そんなことはいつまでも続くわけがない。

若い人の特権に、

——未だどこにも所属せず

ということがある。

青春時代の君たちの目は、すでに私たちが失いつつある視点である。

昔、旅をしていて足を踏み入れた土地を気に入り、

——ここで残る人生を送れないものか……。

と思ったことが何度もあった。

その土地は海外であることが多かったが、そう思った理由が単なる感傷や、甘えではなかった。

今も、多くの若者、大人達が世界のどこかを旅している。その数は私たちが想像しているより遥かに多い。

私はその人達を敬愛する。

人間は本来、旅する生き物ではないのか、と言う人もある。私も己自身のことを考えると、そうではないかと思う。

アフリカの高地で、のちに〝人類〟と称される生き物が誕生し、やがて歩行をはじめ、ユーラシア大陸を越え、ベーリング海峡を渡り、北、南アメリカまで旅をしたことを考えると、人が旅することは本能的なものであり、敬愛されるべきものだろう。

——旅は旅することでしか見えないものが大半である。

これは決して若い人だけへの提案ではなく、大人にも言える。何か機会を見つけて一人で旅発《たびだ》つのもいいのでは。

生きることの隣に哀切がある

途方に暮れる、という心境になることは、人生の中になるたけない方がよろしいが、世の中はそうはいかないものらしい。

大人になってみると、十人の中に、途方に暮れた経験がある人が、必ず何人かいるのに驚いたことがある。それほど人間が生きるということは、辛いことや切ないことが、むこうからやってくるもののようだ。

私は二十歳の時、十七歳の弟を海の遭難事故で亡くした。弟が一人で沖に漕ぎ出したボートだけが浜に流れ着いた。台風の最中だった。そんな中で私の友人や弟の友人で手をつないで海に入り、弟を探してくれた。夏であったから風邪を引く友もいなかったが、それでも頭の下がる思いだった。

O君は私の生家の近所に住む同級生で子供の時分から遊んだ仲だった。中学、高校に行くようになり、私は野球部にいたので運動が得意じゃないO君とは疎遠になり、彼の家が少し遠くへ引越したので話もしなくなっていた。それにO君はニヤケル癖があり、その態度が原因で血の気が多かった友人たちと諍うこともあった。

私は友人たちに言った。

「O君はあんなふうに人を馬鹿にした態度に見えるが、そんな奴じゃないんだ」

そのO君が隣町に行っていたのにどこで聞いたのか弟の捜索を手伝いに来てくれた。

捜索も七日目に入り、夕刻、私が一人で沖合いを見ていると、O君が隣に座った。

「きっとどこかで生きとるって。ひょっこり戻って来るんじゃないか」

「…………」

私は黙ってうなずいた。ちいさな狭い湾をもう探せるだけ探していた。

「わしな、ター坊（私のガキの頃の呼び名）。T町に行ってからすぐチエが死んだんよ」

——えっ、妹のチエちゃんが？

私は思わずO君の顔を見た。

「ほんまか、なしてじゃ？」

「自転車に乗って学校の帰りに国道でトラックに巻き込まれたんじゃ」

チエちゃんはソバカスの多い可愛い子だった。私は初めてチエちゃんの死を知った。

「チエはマーちゃん（弟）と仲良かったからのう。チエが亡くなって俺の母《カア》ちゃん、半年寝込んだんよ。俺も淋《さみ》しかった」

「そうか、そんなことも知らんで……」

「ええんよ。明日も来るけえ」

私は浜から駅舎にむかうO君の背中を今でもよく覚えている。

——O君はそんなことを口にも出さず平然と海に入り、私を慰めてくれたのだ。

二十歳の若者でさえ共有せねばならぬものがあるのだから、大人になればなおのことである。私たちは経験したことで何かを知る。何かとは、生きることである。経験と書いたが、それは時間と言ってもいい。生きる時間は常にそういうものとともに歩んで行く。

弟の死は、私にふたつのことを教えた。

ひとつは自分が人生を決め、そこにむかって歩き続けること。もうひとつは命を大事にすること。前者は弟の残した日記を読み、私に生家の仕事を継がずに一人で新しい土地で生きることを選択させ、後者は通夜の席の弟の遺体の前の父と母の姿を見て、それまで何かにつけ人とぶつかり、殴り合いも初中後《しょっちゅう》であった暮らし方をあらため、必要なら泥に額をつけても謝ることができるようにすると決めた（なかなか実行できなかったが）。

――こんなことが自分を慕ってくれていた者の死をもってしかわからないとは……。

その思いは今でも私の内に残っている。


私の父は、三人の姉が数年毎に一人ずつ東京の洋裁学校へ出発する駅のプラットホームで目をうるませていた。

厳しい父の目がそうなっていることを子供たちは見て見ぬ振りをした。父は人前で泣くことを嫌ったし、私たちにそう教えた。

送られる姉たちはむしろ喜んでいた。厳格な家から飛び出し自由の世界に行ける。だが後年、長姉に訊くと、前夜、父に呼ばれ、生きて帰って来い、と強く言われたそうだ。

私が生家を離れる前夜、父が私の暮らす棟に来て、父の生い立ちから、生きることでの忠告（いやあれは命令か）を受けた。

「倒れてはならん。生きて行くんだ。この先二度とおまえと私は逢えないことが起きるのが生きるということだ」

まさか、と思って聞いていたが、今なら父の言わんとしたことがわかる。

人間は別れることで何かを得る生きものなのかもしれない。別れるということには、人間を独り立ちさせ、生きることのすぐ隣に平然と哀切、慟哭が居座っていることを知らしめる力が存在しているのかもしれない。

人は大小さまざまな別れによって力を備え、平気な顔で、明日もここに来るから、と笑って生きるものでもある。人間の真の姿はそういう時にあらわれる。

人生の伴侶を失うということ

ほどなく父が亡くなって三年になる。

その日の午後、病院の部屋で母はいつものようにベッドサイドの椅子に座って、父の足を撫でていた（母の言い方では揉むのではなく撫でるらしい）。

父の足や背中を撫でる母の姿は私たち子供が何十年となく見て来た光景である。

夏などは縁側で籐《とう》の枕に頭をのせて横たわった父にタオルケットが掛けられ、その上から母が片手で団扇で煽ぎながら、もう一方の手で身体を撫でていた。父は気持ち良さそうに眠むっていた。ごく普通の家の中にあった風景である。

夕暮れを過ぎると、蚊帳の中に父と母のシルエットが見えた。

父は普段、家を出て忙しく働いている人であったから、たまに家に帰ってくると母はたいがい父のそばにいた。六人の子供がそんな二人の中に割って入ることはまずなかった。父が怖かったこともあるが、父と母はそうするものだと子供ごころに皆思っていたのだと思う。

なぜこんなことを書いたかというと、この正月、生家に帰り、母と二人で過ごしていた時、ぼんやりとしている母の姿に、おやっ何がこれまでと違うのだろうかと思い、

——そうか身体を撫でる父がいないのだ。

と当たり前のことに気付いたからだ。

遠い日、姉妹の誰かが言っていた。

「母さん、可哀相だ。父さんが帰ってくるとああやってずっと身体を揉まされて……」

少年の私もそう思わぬでもなかった。

何年、何十年そこにあった息吹きが失せるというのは単純に淋しいとだけ言葉で表現するにはとうてい足らぬものがある。

私の好きな女性作家が小文で書いていたが、長くともに暮らしていた猫が亡くなった後、深夜、水か何かを飲もうと台所に行き冷蔵庫を開ける時（閉める時かもしれないが）、冷蔵庫のドアを一瞬止めるというか、静かに開閉する動きを自分がしていて、それは愛猫が足下からあらわれるので、その動きが日常になっており、その瞬間に、そうか猫はいないのだと気

付く、というような文章を読んだことがある（正確ではない。もっときちんと書かれてあっただろうが）。近しいものの不在をこれほど端的に書いたものはそうそうない。読んだ時、口の中に苦いものがあふれた。

父は、その午後も母に足を撫でられ、気持ち良さそうに目を閉じていたという。
母は母で、長年、父の足にふれていたので、時々、いい加減に撫でていると、
「おい、ちゃんとやれ」
と言われたそうで、その時もそろそろ一言文句を言いそうだと思ったという。
——あれっ、今日は何も文句は言わない。寝入ったのかしら……。
と父の顔を覗いた。
様子が違うと、母は父に近寄り頬に手を当てた。
父は息絶えていた。
九十一歳であった。
この話をすると十人のうち九人が言う。
「それは大往生でしたね」

「お母さまに見守られて良かったですね」

私も母の話を聞き、そう思わぬでもなかったが、少し不自然にも思った。

葬儀が終り、一段落して、父が入院していた病院の担当医に生前の礼を言いに行った。

「先生、父は突然、死んだように聞きましたが、そんな状態だったのですか」

「私共ももう少し早く気が付けばよかったのですが……、解剖をさせていただいて身体の中を診て驚いたのですが、出血も多量でしたが、ともかく内臓のあちこちがひどい状態でした。あれで痛いとおっしゃらなかったのが信じられませんでした」

父らしいと思った。

少年の時、レンガが足に落ちて来て足の親指の爪を割ってしまった。父と病院に行き、爪を抜いた方がいいと診断した医者に、父は麻酔はなしで抜爪してくれと言った。

医師も看護婦も、何より私が驚いた。

今でもその痛みを覚えているからかなりのものだった。病院の帰り道に父に言われた。

「ぼんやり歩いてるからそんなものが足に落ちてくるんだ。その痛みを忘れるな」

以来、落下物の犠牲になっていないし、少々の痛みは耐えられるようになった。

変わった教えではあったが、今となっては有難い。

子供が腹が空いた、というのを口にするのも父は叱った。
訊きたいことが亡くなってからいろいろと出てくる。妙なものだ。
何より母を見ていると父への想いが言いようのない感情となって募る。
この原稿を書き終えた途端、母から連絡が入った。
「高倉健さんから線香が届きました。しっかりお礼を申し上げて下さいね」
有難いことだ。
父が生きている時に届けば、さぞ喜んだろう。そういうわけにはいかないナ。

許すことで何かが始まる

人が人を許すということで、私がずっと胸に仕舞い込んで、時折、その人の淋しげな表情を思い出す出来事がある。

今から三十年近く前の出来事である。

当時、私は前妻を癌で亡くし、仕事を休み、酒とギャンブルで日々を過ごしていた。酒や博奕は人間の中の、享楽の部分を刺激するので、嫌なことや、切ないことを考えないで済む。時間を無為に過ごすには、それが一番楽だった。

東京を離れ、故郷に戻り、借金した金を握りしめてギャンブル場へ行き、陽が落ちると酒場で酔い泥《ど》れていた。

今から考えると、息子のそんな姿を見て、母はどれほど心配していたかと思うし、沈黙し

て何も言わずに私を見ていた父の心中を思うと申し訳なかったと思う。

父は肉体も、精神も強靭《きょうじん》な男であったが、それ以上に切ない思いをしている人間にやさしい人であった。

「伴侶を亡くしたのだ。しばらくは好きなようにさせておきなさい」

父が母にそう言ったという話を聞いたのは何年も経った日のことだった。

たしかに私は落ち込んでいたが、周囲の人が哀れに感じていたとしたら、自分を哀れとか、みじめと思う気持ちはさらさらなかった。

ただ何かをしようという気力がどう踏ん張っても湧いて来なかった。そんな心身の状態は生まれて初めて経験することだった。

——なぜ気力が、活力が起こらないのか。

私にはその理由がわかっていた。妻の死の直後に、それまで私が想像さえしなかった酷《ひど》い言葉を発せられたこともあったが、子供の時から酷い言葉をあびせられたことが何度かあったので、そんなことでまいってしまうほどヤワではなかった。

それでも子供時代である。切なさに母にそれを打ち明けたことが一度あった。

母はしばらく沈黙したのち、こう言った。

「あなたは男の子でしょう。あなたがそれだけ口惜しいと思ったことなら、あなたはそういうことを人に対して一生言わないと決めればいいんです。父さんも母さんもそう決めて生きています」

母の言葉は私が知りたい答えではなかったが、私はそうすべきなのだと思った。ひどい差別や、ひどい中傷はどんな時代もあるし、それが世の中で、それを平然と口にするのが人間という生きものである。

だから他人からあびせられた酷い言葉や態度で、私の身体の芯がこわれることはなかった。

三十数歳の男が踏ん張ってこれからも生きるんだという気力が起こらなかったのは、中傷の言葉も含めてすべてのことが、

——許せなかったのである。

何もかもと書いたが、正確に言えば、妻を死に至らしめた運命を許せなかったのである。

運命に憤った己一人がのうのうと生きることが許せなかったのである。

さて、その心境を、今こうして作家として新しい家族と生きている私を、再生させた男の

一言を紹介する。

その人は名前をヤンと言った。

京都の競輪場で声をかけられた。私よりひと回り歳上だった。私のことを知っていた。それがすでに疎《うと》ましかった。同情されると腹が立った。「私、あなたと同じ国の出身でね」それで余計に相手にしなかった。同胞を振りかざすことを潔しとしないで生きてきた。男は半日私につきまとった。私はとうとう声を荒らげた。すると男は言った。「あなたにだけ話しておきたいことがあって声をかけました」。顔を見返すと、左にケロイドが残っていた。

私たちは競輪場裏手の丘に登った。そこで男の話を聞いた。

広島に原爆が投下された日、男は少年で母親と二人でいた。二人して家族を探して死体の山が重なる川べりや焼け跡を歩いた。

「こんな酷いことが起こるなんて……」

母親は悲痛な顔をして少年と二人で歩き続けた。母親は何度も手を合わせていた。

少年はその母親に手を合わせる必要がないと言った。母親は少年が周囲の日本人から苛《いじ》められ、いつも喧嘩し、彼等を憎んでいることを知っていた。だから死体を見て「いい気味だ」と口にした時、母親は少年の頬を叩いた。初めて母親に殴られた。

「何を言うの。この亡くなった人たちがおまえの言うように許せない人たちなら、なぜこの人たちがこんな可哀相な目に遭うの。よく見てみなさい。皆苦しんでるのよ。おまえと同じ弱い人たちなのよ」

三日後にあんなに元気だった母親が死んだ。

私はその話を聞いて男と別れた。

それ以後、二度と逢っていない。もうこの世にいないかもしれない。なぜその男が私にわざわざ声をかけ、その話をしたのか、その時はわからなかった。

今はわかるし、奇妙で、神秘的なものさえ感じる。いつかこの話を子供たちのために小文として書こうと仕舞っておいた。

人が人を許すということで紹介した。

男は別れ際に言った。

「母は自分の命を賭して、少年の私に許すこととは何かを教えてくれたんです」

やがて私は、自分が許せなかったことなど、たかが知れていると思えるようになった。

どういうことはない

数日前、あまり夜半が蒸し暑いので、朝方まで寝ないでいた。

本を読んだり、ワールドカップの再放送をみたり、頭髪を洗ったりした。

ようやく夜が明けて安堵したと思ったら、いきなり強い陽差しが入って来て、さらに暑くなった。

――何のために朝まで起きてたんだ？

仙台に電話を入れ、このところ背骨の調子が悪い、私のバカ犬の様子を訊いた。

「あなた声が少し変ですよ」

「いや別に何もないが」

「息切れがしてるみたいですよ。ノボと同じですよ。大丈夫？」

「いや暑いだけだ。どうということはない」

「まだクーラーかけてないんですか？」

「かけてない」

私はクーラーを使わない。

なぜ使わないのか？　そうやって生きて来ただけで理由はない。まあ敢えて理由を言わせてもらえれば、将来、地球が温暖化した際、生き延びるためだ（なわけないか）。

「いや、熱中症で年寄りが亡くなるのがわかる気がするよ。暑くて眠むれなかった」

「ダメですよ。少しクーラーつけないと、今倒れられたら困まるわ。家のローンだって残ってるんだし……」

家人はこういうことを平然と口にする時がある。ワシはローン専用かい？

家人なりに考えてくれたのだろう。仙台から扇風機が送られて来た。新品だ。自分のために扇風機を買ってもらったのは生まれて初めてのことだ。

取り扱い方がよくわからないので、常宿の部屋の係の女性が出勤するまで待った。

半日待って説明を受け、部屋の隅（広くはないのだが）で扇風機が回りはじめた。

「360度回るようにしておきます」

部屋の係の女性が言っていたが、扇風機が回るのを見ていて、

――生きてるみたいだナ……。

と思った。

ノボが食事を待つ時の首の振り方に似ている。扇風機が回るのをじっと見ていたら気持ちが悪くなった。

その夜は扇風機を点けて休んだ。

夜明け方、水車小屋に監禁されている夢を見て、目覚めた。

――どうしてあんな夢を見たのだろうか。

薄闇の中で、ずっと首を振り続けている扇風機が見えた。少し音が伝わって来る。

――こいつのせいだ。

熱中症で倒れるのと、おかしな夢を見て病院に運ばれるのと、どちらが臨終としてはラクなのだろうか。

そう言えば子供の頃、あまりに蒸し暑い夜に、ベランダに大きな蚊帳《かや》を吊して、そこに蒲団を敷き、一家八人で星の明りを見ながら寝たことがあった。

海からの風と波の音が聞こえて来た。

「沖は風が出とるナ」

と父の独り言を聞いたりしながら、夢心地に入った。

父はこういうふうなことを好んだ。

以前、韓国の父の家の墓参に出かけた時、親戚の人の車で何ヵ所も回ったのだが、山中に分け入って墓参りをし、そこから浦々の海景を見ていたら、父が昔を懐かしむように言った。

「子供の頃、この墓所へ行くのに長兄と二人で二日がかりで歩いて行った」

「じゃ宿かどこかで泊ったのですか」

「そんなお金があるものか。兄貴と二人で竹林の中で星を見ながら寝た」

「どうして竹林なんですか」

「誰かが来たり、獣が近づくと足音がはっきりわかるからな」

——ナルホド。

その話を聞いた日の夕暮れ、浦の沖合いに沈む夕陽をゴマの畑に立って眺めている父の背中を見ていて、

――この人にも少年の時があったのだ。

と妙に親近感を覚えた。

仙台の仕事場の棚に、父の写真とみっつの骨壺がある。父が亡くなって火葬場で骨を拾った折、姉たちも父の骨を欲しがるだろうと分骨した。生家に戻って、姉たちに骨壺をテーブルの上に置いて話をすると、全員がいらないと言った。置くとこがないし……。置く場所がないって、君たちね。人形ケースじゃないんだから……。

その棚の骨壺は、あの大震災の時でも他の物は皆落ちたのに、なんとひとつも落ちなかった。

「お父さん、根性あったものね」

家人の言葉に、私は少し呆きれた。

根性と言えば、以前、母に、今までで一番怖かったことは何ですか、と訊いたら、

「やはり機関銃で撃たれた時かしら」

「えっ？」

父も母も訊かれねば黙っている人で、訊くと驚くことが多い。倅は呑気に生きて来たものである。

ともに暮らした歳月

朝の五時前に目覚めた。

昨夜は三時近くまで仕事をしていた。

——どうしたんだ？　二時間しか眠ってない。

しばらく机に着いて、何をするわけでもなく、目の前の原稿の山を見ていた。

電話が鳴った。

家人からである。

この数日間、家人はメールでしか連絡をして来なかった。お兄ちゃんの犬（アイス）が、一週間前から食事を摂らず、毎日、病院で点滴をしていた。家人はほとんど一晩中起きて犬のそばにいた。

昨日の朝は電話で、七日振りに立ち上がって、「ワン」と吠え、庭を数歩歩いたと連絡があり、家人も声が弾んでいた……。

「アイス君が、先程……」

「そうか、アイスもあなたもよく頑張った」

「はい、アイス君は本当に頑張ったわ。あなたの帰りが待てなくて、すみませんでした」

その日、私は急遽、帰宅することにしていた。と言うのは、容態はメールで報せて来ていたのだが、昨日、犬が元気になったせいか、電話で話をした。

その電話の最後に彼女は言った。

「お父さんが帰るまでガンバローね、って言ったら、少し声を出したのよ」

——そうか、家人は私に心配をかけまいとしていたのか。

一時間後、東京のスケジュールを調整し、電話を入れた。

「明日一日戻るよ」

「仕事の方は？」

「大丈夫だ」

それで、先刻の電話だった。

七年前の夜半に彼女の実母の死を報せる電話があり、仮眠（妹と交替で看病していた）を取っていた彼女に伝えた時も、彼女は黙ってうなずいただけだった。

泣いたり、取り乱すことをしない女性だ。

それが先刻の電話では涙声だった。

この数日間、よほど二人（一人と一匹）は懸命に過ごしたのだろう。

電話を切った後、東京の仕事机の上のアイスの写真を見ていた。

家人いわく、こんなハンサムな犬はどこにもいない、兄ちゃん犬の上機嫌な折の写真である。隣りのノボと好対照だ。

ともに暮らした十六年という歳月は、私もそうだが、家人にとって、アイスにとって、至福の時間であった。

電車の便を早めて、我が家にむかった。

車窓に映る冬の空が抜けるように青かった。

私の半生で、切ない時に、なぜか、自然がひときわ美しい姿を見せる。

仙台駅から乗ったタクシーが我が家に近づくと、車のフロントガラスに映る小径は、かつて、散歩の大好きだったアイスが尾を振って走った径である。

家人は玄関で、私に気丈そうに笑った。しかし目頭は少女のごとく膨れていた。こんなに清らかな犬の死顔を初めて見た。

犬が一抹でも不安を抱かぬよう、家人はずっと声をかけ、身体を撫でていたのだろう。首には、私と家人が、彼にとバルセロナの修道院で買い求めたロザリオがかけてある。そのロザリオがアイスを不安から守ってくれているように映る。

少年の日から数えると、五頭目の、犬との別離である。それにしてもおだやかな表情である。

――よく、ガンバッタナ。

そう声をかけるしかない。近しいものの死を前にすると、言葉は無力になる。

「疲れただろう。シャワーでも浴びて、身体を少し温めなさい」

その間、目の前には私の顔を見ると尾を振った犬が静かに休んでいる。この静寂が、これから先の彼の不在を告げていた。

楽しかったり、笑ったりした記憶は、これから先、少しずつやって来るのだろう。

夕刻になれば、弟のバカ犬と親友のラルクが対面に戻って来る。

彼等が来るまで、私と家人と、彼で過ごした。私たち二人の生活に、彼が、あの愛くるしい瞳をしてあらわれた日から、この家は一変した。天使がやって来たのかと思った。

私たちは、彼を迎えて、さまざまなものをもらった。彼も十分、家人の愛情を受けた。

家人は彼に、さよならとは言わない。信仰のある人は、このような折に、普段の祈りの力が出る。私は言う。

「アイス、ありがとう。さよなら。これからも、おまえの分、私は仕事をするよ」

切ない冬である。

しあわせのかたち

しあわせのかたちは、皆どこか似ているところがある。

笑ったり、恥かしそうにしていても、しあわせの光景には、どこか、それぞれの表情に光が差しているような、大、小あってもかがやきがある。

それとは逆に、哀しみのかたち、表情は、どれひとつとして同じものがない。それが真実だとしたら、たとえ親子でも、夫婦であっても、相手の哀しみがいかなるものかは、簡単に理解はできないのではなかろうか。

今さら、これまで何度か書いて来たことを、どうして書きはじめたかと言うと、亡くなった我が家の犬のアイスとの別離が、あらためて人が生きて行く上で、必ずやかかえなくてはならないものを考えさせられたからである。

火葬場の上空に昇る煙りを見ながら、初めて火葬場の煙りを見た日のことを思い出した。

あれは六、七歳だったろうか、私を特別可愛いがってくれた台湾人の林さんが亡くなった夏だった。

「女、子供は火葬場へ連れて行かん」

父親はそういう考えだった。

それでも私は抵抗し、父親も折れたのだろう。少年の私は外へ出され、山間に昇る煙りだけを見上げていた。そこへ見知った林さんとよく酒を飲み、喧嘩をしていた時夫さんが煙草をくわえて歩いて来た。

「時さん、死ぬと煙りになるの?」

「へん、煙りなんぞになるもんか。死んじまうってのは、つまんねぇことよ」

そう言って煙草を地面に投げつけた。

時夫さんがなぜ怒ってるのか、少年の私にはわからなかった。

今は、その心境が痛いほどわかる。

これっぽっちか? という骨になったアイスが家人の部屋の祭壇に置かれた。

その夕刻、夕食の準備をしている家人が、突然、動揺した。

「大丈夫か？」

「……。いつもこうして肉の匂いがするとアイスが足元にいたから……」

放って置くしかない。

或る女性作家が、愛猫を亡くし、数日後の夜半、冷蔵庫に何かを取りに行き、冷蔵庫のドアをいつものようにゆっくりしめながら、足元を見て、そうか、冷蔵庫を覗くあの仔はもういないのだと、その折の気持ちを綴《つづ》った文章を読んだことがあった。

家人の身体の内に残る、犬との時間は、こちらが計れるものではない。十六年と半年という歳月をともに生きたということは、大人であれ、若者であれ、子供であれ、そこには想像を越えた、数知れぬ表情と、交わした言葉、言葉でなくとも無言で通じ合ったものがあるのだ。放って置くしかない。生半可に声をかければ対応に困まるはずだ。

私は夜の便で上京した。フランスから友人が来るのが半年前から決っていた。

私がいなければ、今夜はバカ犬（ノボ）と二人で過ごす。その方がいいと思った。

翌朝、仙台に連絡を入れた。

「あなたはこういう別れによく耐えたのね」

私の場合、犬もあるが、弟、妻と若い時に別離した。

「そうでもないさ。〝知らん振り〟をすることだ。それが案外といい。あとは時間が解決してくれる」

泣きたい時は独りで大声で泣けばイイ。と言おうと思ったが、やめておいた。

家人は一見、気丈な女性に映る。一見ではないかもしれないが、気丈というのも切ないものだ、と今回つくづく思った。

家人の親友のMりやさんから長いメールが、私に届き、彼女も愛犬を失い、数年、引きこもりになり、今の犬と奇跡的に出逢い、しあわせにしている、とあった。

――数年はきついナ。

Mりやさんだけではなく、今回、大勢の人から、家人に元気になるようにと連絡があった。その数に驚いた。

――世の中はペットを失《な》くした人であふれてるんじゃないか。

人は、他人が自分と同じ哀しみを抱いていると思った時、初めて自分が抱いた同じ哀しみを静かに打ち明ける。やさしい人たちなのだ。皆が同様に言う。

「飼った人でないとわかりませんから」

計り知れない喜びをもらったのだから、さよならが、いつか力になると信じよう。

【著者略歴】

●1950年山口県防府市生まれ。72年立教大学文学部卒業。

●81年短編小説『皐月』でデビュー。91年『乳房』で第12回吉川英治文学新人賞、92年『受け月』で第107回直木賞、94年『機関車先生』で第7回柴田錬三郎賞、2002年『ごろごろ』で第36回吉川英治文学賞をそれぞれ受賞。

●16年紫綬褒章を受章。

●作詞家として『ギンギラギンにさりげなく』『愚か者』『春の旅人』などを手がけている。

●主な著書に『白秋』『あづま橋』『海峡』『春雷』『岬へ』『美の旅人』『羊の目』『スコアブック』『お父やんとオジさん』『浅草のおんな』『いねむり先生』『なぎさホテル』『星月夜』『伊集院静の「贈る言葉」』『逆風に立つ』『旅だから出逢えた言葉』『ノボさん』『愚者よ、お前がいなくなって淋しくてたまらない』『無頼のススメ』『東京クルージング』『琥珀の夢』。

『大人の流儀』～『さよならの力　大人の流儀7』より、
単行本化にあたり、抜粋し、編集をしました。

N.D.C. 914.6　192p　18cm
ISBN978-4-06-221041-6

いろいろあった人《ひと》へ　大人《おとな》の流儀《りゅうぎ》 Best Selection

二〇一八年三月十二日第一刷発行

著者　伊集院静《いじゅういんしずか》　©Ijuin Shizuka 2018

発行者　渡瀬昌彦

発行所　株式会社講談社

東京都文京区音羽二丁目一二―二一　郵便番号一一二―八〇〇一

電話　編集　〇三―五三九五―三四三八
販売　〇三―五三九五―四四一五
業務　〇三―五三九五―三六一五

印刷所　凸版印刷株式会社

製本所　大口製本印刷株式会社

定価はカバーに表示してあります　Printed in Japan